La bajamar

La bajamar

AROA MORENO DURÁN

LITERATURA RANDOM HOUSE

Papel certificado por el Forest Stewardship Council®

Primera edición: febrero de 2022

© 2022, Aroa Moreno Durán
Casanovas & Lynch Literary Agency, S. L.
© 2022, Penguin Random House Grupo Editorial, S. A. U.
Travessera de Gràcia, 47-49. 08021 Barcelona

Printed in Spain – Impreso en España

ISBN: 978-84-397-3993-7
Depósito legal: B-18.892-2021

Compuesto en La Nueva Edimac, S. L.
Impreso en Unigraf (Móstoles, Madrid)

RH39937

A mi madre,
que nos contuvo y sostiene

ÍNDICE

EL LIMO

«Txakur haundia etorriko da ta,
zuk ez baduzu egiten lo.»

HAURTXOA SEHASKAN

«Here we go mother on the shipless ocean.
Pity us, pity the ocean, here we go.»

ANNE CARSON

Ruth – Adriana – Adirane – Ruth

EL LIMO

1

MATÍAS

No les enseñaban a nadar. A pesar de vivir en la ría. El agua estaba muy fría porque era noviembre. El agua estaba negra. Los peces arañaban calor de la superficie. Cuando el niño se cansó de mover los brazos y se hundió, ya nadie pudo ver más. Todavía se levantaba un poco de espuma cuando el otro niño dijo desde el pretil que un perro se había caído. Después, se arrepintió y pidió ayuda.

Una pescadora, acercándose a la ría, gritó que nadie se tirara. Ya que nadie se tire o serán dos los cuerpos. Y nadie se tiró. Los pescadores de las escaleras no levantaron la cabeza de los nudos. Las barcas siguieron recibiendo brochazos de pintura. La fábrica escupía su humo negro en la parte nueva. Algunas contraventanas se cerraron. Un carguero removió la bahía.

Entonces, la pescadora clavó el remo en el agua una vez y otra. Pero no pudo cruzar por debajo del puente porque la marea estaba muy alta y el agua lo golpeaba con el vaivén de las olas. Las vecinas apretaron los cuerpos unos a otros y se acercaron al borde agarradas de los brazos. Todas las manos se fueron a la boca. Todas recorrieron las calles buscando a sus hijos para aliviarse. Se oyeron los nombres de los chicos por todo el pueblo. Luego se fueron callando. Y se fueron marchando a sus casas.

Al niño grande su madre lo agarró del codo y lo arrastró por la calle. No lo miraba. Solo los dedos índice y pulgar demasiados clavados en la carne: Tú no te mueves hoy. Y tú te callas. De vez en cuando, el crío daba la vuelta y todavía le parecía estar oyendo la bronca, la discusión por quién usaba los salabardos. El niño pequeño había cortado en casa las cabezas de los cinco chicharros con una tijera y los había echado a la arpillera. Estaba sentado con los pies colgando sobre el canal del pueblo, que se llena de agua con las mareas altas y deja descubierto el fondo con las bajas. Más de dos metros entre subida y bajada. El niño estaba a punto de lanzar la cuerda cuando apareció el otro. Y el otro le dijo que él, que era mayor, pescaría. Déjame pescar a mí. Tú no sabes. No, son míos, le respondió el pequeño. Y se agarró fuerte a las redes. El crío grande, sin pensarlo, empujó al pequeño y el pequeño cayó al agua.

Y no les enseñaban a nadar.

Aquella tarde nadie rondó la ría. Ninguno paseó por sus bordes. La pescadora sí miró durante todo el día el agua negra de la bahía. No es verdad que lo buscara, pero cuando fue bajando la marea, pasó varias veces por encima del sitio y miró hacia abajo y miró hacia todas partes.

Ya se estaba poniendo el sol cuando una mujer salió corriendo de una calle. Una mujer que había descubierto cinco peces muertos y sin cabeza sobre la mesa de la cocina. Y unas tijeras abiertas. Una sola de todas las mujeres que no encontraba esa noche a su hijo pequeño. Una vestida de negro que descendió urgente por la calle y se arrodilló junto a la orilla y metió los brazos hasta el codo en el agua moviéndolos en un intento de despejar la oscuridad.

Y entonces se partió en dos. Y entonces la mujer ya no fue más esa mujer. Y el cauce, como un espejo, expandió el sonido del grito por toda la bahía hasta la bocana del puerto como un altavoz de la muerte. Los vecinos temblaron. Pero cada uno adentro de su casa.

A la bajamar, sobre el fondo de cieno, boca abajo y con las manos abiertas sobre el suelo negro, el niño pequeño quedó al descubierto.

El juez fue a preguntar esa noche a la mujer qué hacían con el chico grande. Lo mismo me da, respondió mientras restregaba con un trapo la mancha de sangre aún fresca de los pescados.

Toda la casa olía a podrido.

MAREA BAJA

2

LA ESCALA

(Adirane)

Jon baja a su encuentro por el paseo de Francia. Lleva un abrigo oscuro. ¿No hace demasiado calor? Ella no llega a saber si los pantalones son vaqueros o si los zapatos están gastados. Porque no tiene mucho tiempo para mirarle. Lo que sí trae son esos dos ojos puestos en la cara. ¿Acaso no es eso caminar?: lo que va haciendo. Estar cada vez menos lejos.

¿No respondió con un sí a su mensaje pidiéndole que fuera a buscarla después de tanto tiempo? ¿No preguntó adónde llegas, si al pueblo o a la ciudad? ¿No ha conducido por una carretera diferente después del trabajo? ¿No se llama a eso, piensa, premeditación? ¿Es que no ha ido dejando el mar a su derecha, a su mujer atrás, todos los diminutivos del afecto sobre la mesa, los años envueltos dos veces en papel de estraza? Verduras asadas, agendas, botas de montaña. Está segura de que usan azafrán a menudo.

Tiene que haber pensado en ella en estos días, al menos, un instante, y tal vez haberse excitado camino de la oficina, en la calle, debajo de ese abrigo y debajo del pantalón.

Cuando están a tres pasos ya no quedan árboles detrás de los que esconderse y la ciudad se ve tan perfecta que esta podría ser su última tarde antes del fin del mundo.

Se dan el primer abrazo, ella se pone de puntillas, clavándose en su hombro, no llega a respirarle.

¿Por qué has venido?

¿Adónde?, dice ella, apretando, ¿aquí? Y echa de la boca todo el peso de la pregunta.

La saturación de la dopamina ya ha colapsado las articulaciones y se descuelga el macuto de los hombros, se saca la chamarra negra con torpeza, y se queda fría al segundo.

La bajamar ha descubierto el fondo del río y una gaviota rebusca en la orilla entre las piedras cubiertas de verdín.

¿Tomamos algo?, le pregunta, ¿tienes tiempo?

Tengo. Le dije a Nora que llegaría para cenar, responde Jon.

Empiezan a caminar sin rumbo en dirección al mar, cruzan el último de los puentes sobre el río, no quiere apurar los minutos, solo que todo sea un ficticio atropello de las palabras felices, un vuelo abajo de la falda. No quiere llegar a ninguna parte.

Los dos han seguido enviándose mensajes de vez en cuando y él escribe frases hechas disparando sin apuntar, poesía trillada sobre la distancia, y ella nunca se espanta, sino que hay días, cuando le conviene, que siente ternura, porque le parece que los axiomas más perversos, en esa pantalla, son la verdad pura. Después de tantos años y tantos correos siempre intentando quedar en tablas, que nadie acabe de levantar la voz, salir indemnes: Hola, Jon. Hola, Adi. Ayer vi a tu madre. Qué tal el monte. Beso grande.

A ella ahora no le importa que él le cuente que son los vecinos los que limpian el agua de la ría cada mes en el pueblo, que su padre no se encuentra ya bien, que ya no le acompaña al caserío, o que tiene un perro mediano blanco y negro de pelo largo que su mujer y él recogieron en alguna parte y que duerme entre ellos cada noche.

Adirane no pregunta acerca de nada porque no podría archivar ninguna novedad en su memoria en este momento.

Y tampoco le interesan. Pero intenta rellenar el silencio que hay entre los dos diciendo algo ocurrente sobre la ciudad que pisan juntos otra vez. Aunque se esfuerza, no llega a acceder al lugar de su cerebro donde tiene grabada de sobra la fecha exacta en que unos extranjeros asaltaron el centro y saquearon las casas, quemaron toda la Parte Vieja y violaron a las mujeres. Y se queda callada durante un largo rato buscando en su cabeza. Piensa que la memoria tiene un cupo y que todo lo vivido ha ido sacando lo viejo por la puerta de atrás. Y entonces él la trae de vuelta y le dice ¿Adi?, y mueve una mano delante de su cara, y ella suelta algo en voz baja mientras señala una calle y él no llega a saber de qué le está hablando exactamente cuando paran en el cruce donde una brecha abrió la muralla.

Cuánto hace que no nos vemos, y solo entonces se encara a él esperando el verde de un semáforo del Boulevard.

Estabas embarazada, ¿te acuerdas?

Claro que me acuerdo.

Ella recuerda todo lo que tiene que ver con él sin forzarlo, pero cada vez debe rescatarlo de un lugar más inaccesible. Estar ahí juntos y lo que acaba de dejar en Madrid no pertenecen a la misma escala de gravedades. Pero se deja llevar por la presencia de Jon, que es lo más leve, lo más fácil. Y recuerda una vez anterior, la última en la que estuvieron los dos solos, en la que él hizo escala un par de noches en su casa de Madrid, antes de irse a vivir a Viena, porque él siempre aparece con excusa mediante. Fue justo antes de que ella conociera a Iván, no hace tanto teniendo en cuenta la longitud de su historia.

Recuerda que el sol entraba por la ventana y ella tenía los pies descalzos sobre una silla. Aunque estaban desayunando, en su recuerdo él le dice que no fume más y ella toma un vino blanco. Y eso es todo un poco absurdo. La foto tiene las grietas oníricas del pasado lejano.

Lo que sí es real es que después le acompañó a la calle con un chubasquero azul marino que ya no conserva, y que nunca tuvo respuesta para la pregunta de cuánto duró aquella despedida. La mano ya sin la mano que lo había tocado todo en la cama. El ojo azul dentro del ojo marrón. La mujer fuera del abrazo del hombre. El hombre ya para siempre fuera de la mujer. No pudo precisar entonces cuántos trenes hicieron temblar el suelo debajo de sus pies mientras la resistencia de uno se medía con la resistencia del otro. Cuando nadie dijo quédate ni vente conmigo. Mientras todavía tenían encima el olor de la noche. Cuánta gente salió y entró por aquella boca de metro mientras ellos fueron foto fija. Nadie tenía hijos entonces. Nadie había renunciado a nada por nadie. La onda expansiva de dar un paso adelante habría tenido damnificados cuantificables. Pero no lo dieron.

Ellos dos sí sabían cuánto tiempo pueden mirarse dos personas que no son una madre y un hijo sin decir una palabra.

Entran en un bar y cuando ella empieza a hablar hay mucho ruido y no quiere responder a eso que él ha tardado tan poco en poner sobre la mesa: por qué está de vuelta en el norte y por qué le ha llamado para que venga a buscarla. Ella no va a hablar de lo que ha dejado atrás y no quiere enfrentar todavía lo que tiene por delante. Esta tarde, solo quiere hacer un breve paréntesis juvenil de despreocupación manejable.

¿Es que no vas a darme una tarde? Y le suplica sin pronunciarlo: Déjame pensar que es diez años atrás, Jon. Dame un poco de nuestra levedad. Déjame pensar que tengo tiempo.

Pero él no parece dispuesto a consentir un silencio incómodo ni un poco de sarcasmo. No quiere dejar ningún hueco en blanco. Él no tiene ya la paciencia, la cabeza o el tiempo para eso. Jon hace preguntas que, en realidad, sí tienen respuesta. Hagamos como siempre, le dice. Y esto se lo calla: Pisemos el borde de un precipicio inofensivo. Y también le da una evasiva: Es que no quería volver a entrar sola en el pueblo después de tantos años y pensé que tu trabajo estaba a medio camino entre esto y aquello.

Aquello, repite él, y se ríe de la forma despectiva en que ella lo ha dicho todo y le da un trago largo a la cerveza. ¿Y cómo está tu abuela?

He venido a que me cuente su vida. Ya sabes lo que quiero decir. Me da miedo que se me escape una parte de ella sin haberle preguntado bien. Que se la lleve consigo y no haber tenido oportunidad de hablarlo, como si yo diese por hecho que ella siempre fuera a estar y que no haya tenido más historia ni más vida que los lazos familiares que compartimos. Puede acabarse cualquier día.

Eso no se sabe. ¿O es que ha enfermado?

A veces, se sabe. ¿De qué va a haber enfermado a estas alturas? La sangre coagulándose, miles de agujeros en la memoria, los órganos agotados. Se le han muerto ya todos. No tiene a quién enterrar. Hay días enteros en los que parece la misma mujer que me cuidó, sabes cómo es, tan lúcida y con ese humor seco, esa forma de hablar tan precisa. Y otros días me dice cosas imposibles, nos confunde a unos con otros, cambia los lugares, los nombres, lo que ha sido su vida y lo que ha sido la vida de otros. O se queda ensimismada y de pronto me cuelga el teléfono y me deja al otro lado escuchando el silencio. O me repite mil veces lo mismo. Como si no hubiésemos hablado justamente de eso el día anterior. Es como si se despidiera interrumpidamente. Un día está aquí; el otro, no. Un día es capaz de manejar un móvil y al otro un temblor le impide llevarse la cuchara a la boca. Grita el nombre de su madre por las noches, llama a sus hermanos. Llama a la belga.

¿Y tu madre?

No, no. Con mi madre no hablo. Esto lo sé porque me lo ha contado Naia, que vive debajo de ellas. Los días en que la abuela no me llama, le mando un mensaje y ella le pregunta a su madre y me pasa el informe.

Qué difícil os lo ponéis. ¿Hasta cuándo te quedas?

Pero Adirane se calla. Porque esa pregunta ya no sabe responderla, y menos aún antes de haber llegado y haber pisado la casa de su abuela, que es también la casa de su madre y su propia casa.

Sacude la cabeza e intenta hacer borrón mental y regresar al presente. Y trata de mantener la cordura en esa disertación que hace para él de por qué quiere hablar con su abuela. Pero él es el hombre que está ahí, sentado a menos de un metro con el equipaje de ella entre las piernas. Es él quien materialmente ocupa un espacio muy cerca. Esta vez no es un mensaje. No es un atrevimiento en una noche de desesperación. Ella le ha convocado sin pensarlo dos veces en su peor momento y él ha acudido al silbido.

Es él de quien sabe de memoria todavía cómo es su forma de cerrar los ojos en un momento preciso y recuerda que hubo un tiempo en que se dejaban llevar el uno al otro. Es él de quien recuerda su perfil desnudo contra la ventana, la carne apretada y lisa, el remolino del pelo, mas largo en la nuca siempre. ¿No eres mayor para ese pelo, Jon?

Es él quien ha venido a buscarla. Esa es la única cuerda tendida en la realidad: él-está-ahí. Y parece real. Pero asume que la derrota de la que ella procede no necesita ahora mismo calificar este encuentro más allá de un afecto antiguo y acaso entrañable.

Él no amarga la sonrisa de la boca en ningún momento de la tarde con un gesto bobalicón. Parece regodearse en su presencia y ella le devuelve una mueca torcida porque todo su cuerpo está rígido. Finalmente, asume que no es momento de tensar el encuentro y dejar de obviar que hay dibujada en el suelo la línea que separa dos frentes: es la distancia de un cuerpo a cuerpo.

Pasan más de una hora hablando de los viejos tiempos. Suenan los nombres de todos los amigos a los que hace años que no ven, las anécdotas mil veces repetidas, pero ya tan lejanas que vuelven a ser originales. Ella no es completamente consciente de cómo articula las frases, del hilo del discurso, y va dejando todos los cabos sueltos. Le habla algo más del proyecto que tiene entre manos, de contar esa parte de la historia de la familia y de otras familias. De grabar todo lo que pueda. De registrar el testimonio y fijar esa última memoria todavía viva.

Me gustaría hacer algo así como un mosaico de memorias, le dice.

Y eso él lo entiende y dice que le gusta. Quiere filmar a su abuela contando sus recuerdos. Grabar la parte más antigua. Le dice que no sabe cómo hacerlo. Que tiene que hacerse primero muchas preguntas. Qué es lo que le mueve a contar esta historia ahora. Qué habría de sí misma en esa película de no ficción atravesada por su propia historia familiar. ¿Por qué debe contarla ella?

Hay una parte de intuición, le dice, pero tengo que trabajar. Tengo que pensar. Hace mucho que no hago nada de esto. Me he vuelto cobarde. Y luego le dice: O eso creo. Necesito trazar algunas líneas, pero no tengo mucho tiempo, así que, si mañana está bien, empezaré y ya iré colocando cada cosa en su sitio mientras avanza el proceso.

Un argumento interno se impone. Qué hace hablando así. ¿Y esa tranquilidad? ¿Quiere impresionarle? Como si no hubiera pasado nada en Madrid. Como si no arrastrara nada. Como si no se hubiera marchado de su casa, dejando a una hija, y no solo a una hija, sino a una familia detrás. Como si no hubiera dinamitado los puentes, las puertas y el salón antes de decidir dejarlos solos. Antes de hacerse cargo de que esa tristeza no se le iba a pasar solo poniendo tierra de por medio. Sin decir hasta aquí. Sin asumir un giro radical. Como si su abuela no fuera una excusa y a la vez fuera una buena y gran razón. Como si se hubiera equivocado llamando a quién, a un hombre del pasado en este momento. Para sentirse menos sola, para recordar que otra vez fue querida, para decir yo tuve un cuerpo que fue amado por esas manos que ya no.

Poco a poco, todo aquello en lo que había eludido pensar durante el viaje, él lo va iluminando con pequeños fuegos.

Y, aun así, mientras hablan, la imagen de él aparece y desaparece como un holograma que ahora se acaba un vaso de cerveza. Y ella se queda pensando en su casa. Y se siente profundamente ridícula por haberle hecho venir a recogerla. Y ya no quiere estar ahí.

¿Nos vamos?, le suelta.

Y solo en ese momento, como si haber dicho vámonos disculpara el disparate paralelo que es ese encuentro, consigue concentrarse y hace rápidamente cuentas con el pasado. Mientras él paga y sigue de espaldas, ella mira la consistencia de su postura, los pies enraizados en la tarima del bar, la curvatura lumbar. Al final de ese metro casi noventa, el pelo se revuelve como si se lo hubiera rascado. Ella se pone la chaqueta y recuerda un día en que todavía no amanecía. Serían las cinco o las seis. No sabe ahora cómo llegó hasta el aeropuerto a esas horas del invierno. Él ya vivía en Viena. Y le había dicho, finalmente, que fuera y ella se había decidido a ir. Y antes de subir al avión se arrepintió. Y no llegó a volar. No le contó por qué sí pasó el control de la policía, si sonrió o no en la aduana, o por qué hasta hizo la cola para embarcar. Que llegó hasta la puerta. Y que no entró. No fue. Que tuvo miedo a romperlo todo. A no ser más amigos. A no volver a ser nada. Que aún guarda el billete en una caja de madera que no se abre porque esas cajas no se deben volver a abrir sin grandes razones. Podría decirle qué libro iba leyendo de camino al aeropuerto. Cómo imaginó que era su casa sin conocerla. Qué ropa había decidido ponerse.

Podría contarle también que aquella noche fue al cine junto a San Telmo. Que vio sola *Las horas*. Que después metió la nariz dentro de un abrazo que no tocaba, que alguien le dijo estás guapa con la chaqueta de rayas, con las botas así, con el pelo, con la mirada así. Que después encendieron la calefacción del coche durante mucho rato y que nadie volvió a hablar sobre por qué había dejado despegar un avión sin estar dentro. Tampoco ella sabe todavía responderse a esa pregunta de forma exacta, pero no le pesa. Hace mucho tiempo que, en realidad, lo que pudo ser o no ser con Jon le da lo mismo. La realidad, la memoria y la imaginación ahora son tres líneas confusas que se funden y se separan. Todas las situaciones traídas una y otra vez, como un flotador de salvamento, la reescritura imposible.

Su vida real son los últimos años: su niña, Madrid. Piensa en Iván y en ella. Y luego mira a este otro hombre. ¿Por qué está todo el tiempo juzgándose por estar justamente aquí, con él? Y ya no sabe si es el mismo de siempre o es solo otro que en realidad no existe el que siempre le da un abrazo más largo de lo permitido, un poco más apretado de lo que se consiente a un amigo antes de que llegue la incomodidad, el que nunca arañará más abajo del hueso.

¿Somos amigos?

Somos amigos.

Cuántas vidas caben en lo que ya no sucederá. Cuántas han tenido ellos dos desde los quince años. Desde el calor húmedo de la playa, los primeros estrógenos acentuando el descontrol y el ridículo.

Cuando salen del bar, ninguno sabe cómo han cruzado media ciudad. Ella siente la bajada de la adrenalina y aparece el descuido. La falta de mecanismos para la supervivencia. El fin del estado de alerta. Los ojos regresando al tamaño habitual de la noche. La decepción. Porque entonces él se lo dice:

¿Nos damos prisa? Así llego a la cena.

Ya solo queda hablar de cosas fáciles. Él le mira las manos agarradas a los tirantes del macuto. Ella también se mira las manos. ¿Acaso no sabes que me muerdo las uñas? Nadie nombra más a los que esperan. No existen en sus bocas, pero están ahí, son el público fantasma que asiste al encuentro. Él está más flaco que en su recuerdo. Es más alto que en su recuerdo. Más guapo. Más listo. Sonríe mejor.

También más viejo.

Le cuenta las nuevas arrugas que tiran de los ojos oscuros y se han acentuado por los días de montaña, de tantos viajes a sitios altos, a ruinas de antiguas de civilizaciones abandonadas donde el sol pega con más fuerza. No le distingue el iris y la pupila. El jersey rojo que se pega a los brazos y a la respiración.

Te queda bien así el pelo.

Me lo corté yo misma.

Detrás de esta ficción a cámara lenta ya lo único que importa es no salir con la boca demasiado manchada. Sálvese el que pueda. Cuando Jon gira la llave del coche, se enciende la radio. Suena una canción: «siempre quiero, lobo hambriento», y ella se ríe y lleva su mano al asidero del techo y guarda la cara en su propio brazo.

Él se disculpa: A ver, le gustan a ella.

Ya, ya. No pasa nada. Déjame aquí, le pide cuando van a entrar en el barrio.

Qué dices. Te dejo en tu puerta y nos vemos estos días.

Sobre las diez ya se han despedido y él no ha apagado el motor. ¿Está escapando? Ella le llama cuando empieza a acelerar, le da un grito. Entonces, se da cuenta de que, justo en ese momento, el teléfono comienza a vibrar en su bolsillo. A la vez, él baja la ventanilla y ella lo único que le dice es Jon, no corras, llegas de sobra a cenar. Y luego, sin volver a levantar la mirada, ninguna noche aguantaría otra pausa, descuelga: Te dije que no me llamaras, por favor. ¿Pasa algo grave? No ha pasado ni un día. Y cuelga.

Antes de llamar desde el portal, mira el lugar exacto donde murió Matías, donde un crío acabó con él de un empujón. Y piensa que esa ría que ahora está limpia es leyenda familiar. Hace una respiración profunda que baja hasta el vientre, siente que necesita ir al baño con urgencia, y pulsa el botón, que suena con el mismo timbre de siempre. Se queda mirando la inclinación de la casa sobre la marisma. Todo el pueblo siempre a punto de derrumbarse. Las casas viejas apoyadas sobre las casas nuevas. Es el pasado empujando sobre el presente.

Alguien abre, pero no pregunta quién es. Cuando está a punto de cruzar el umbral de la casa, ve una sombra rápida que apaga una luz al final del pasillo. Otra ha quedado encendida, es el cuarto donde dormía de niña. Encima del escritorio hay un bocadillo de tortilla y un vaso de agua. Una naranja y un cuchillo.

Son las once y media de la noche.

Baja la persiana y el olor de la casa entra súbitamente en su memoria.

3

UNA NARANJA Y UN CUCHILLO

(Adriana)

Es una herencia magnética. No hay elección. Pero tardamos mucho en ocuparnos de lo que significa. La mujer que anoche entró en esta casa es mi hija pero yo no tenía manos para tocarla. Para apretar sus antebrazos y sentir cuánto espacio ocupan esa carne y ese hueso.

¿Podría con mi mano abarcar completamente ese brazo? Un gesto inicial: quiero poner una palma en su frente y otra en la mía. La medición de la temperatura. Ese don repentino en la piel para saber que las cosas están bien o no están bien. Contarle el pulso. Una madre constatando que dentro de ese cuerpo de ya cuarenta años, la vida. Que esa hija existe todavía, aunque sea lejos de una. Una hija de regreso a la casa amniótica.

Hay una extraña relación entre las mujeres maternas de una familia. La célula de la que nació mi hija fue fabricada a la vez que yo en el útero de mi madre. Mi hija, en su sentido más primigenio, en su más completo no-sentido, en esa forma de ser inexplicable de lo que solo existe potencialmente antes de ser, de alguna manera, también estuvo dentro de mi madre conmigo.

Y ahora, estamos aquí otra vez las tres, en la casa.

No es este el mejor momento de nuestras vidas.

Anoche no pude ver si su pelo sigue siendo tan grueso, si ha perdido el brillo de la cara, si se le han ensanchado las caderas o se le ha caído el pecho altivo que tenía. Desconozco su olor de ahora. Regreso del animal a la cueva tras el verano más largo. Ha venido a ponerse a salvo de algo. Eso está claro. Se pone a salvo de algo y, a la vez, se expone a mí. Debe de ser algo inmanejable. Mi madre me dijo: Va a venir y dice que quiere grabar.

¿Y ya está? Va a volver y va a darle a un botón y ponerte la cámara en la cara como si no hiciera cinco años que no viene. Como si no hubiera tenido una hija que no conocemos. Que no nos ha dejado ver porque ella así lo ha querido. Por dejadez. Por rabia. Qué ha sido esto, un alarde de qué.

Sí le grité.

Una niña que vemos en las fotos que manda cuando se acuerda de nosotras una vez de cada cuánto. Eso le dije a mi madre. Y ella la protegió.

Será mejor eso que nada, respondió. Si no la quieres ver, vete unos días.

Pero cómo me voy a ir y dejarte aquí con ella. No estás para dejarte con nadie.

La abracé. Y ella no me devolvió el abrazo. Su mano se quedó sobre su mano.

Claro que la quería ver. Porque sé, además, que también arrastra algo. Que no está aquí sin más para saber cosas de la posguerra o de lo que sea que quiera saber porque qué sé yo, si yo nunca sé nada. Pero no puede obviar esta combustión imposible y biológica que no se apaga.

Es mi hija y sé que está pasando por algo y ha dormido al otro lado de la pared, en la que ha sido su habitación una buena parte de su vida. En la casa de su abuela, que es mi madre. Ella diría que es su madre también. Y a mí me dolería escucharlo.

Ahí están sus libros de la universidad. Teoría de la imagen. Estructuras de la comunicación. Historia del cine. A veces, los he hojeado en estos años buscando una huella, un indicio. Una acusación. Un «odio a mi madre» escrito con furia joven. Mi nombre tachado. Pero solo había algunos subrayados fluorescentes. Ideas sueltas que resumen las páginas. Garabatos fractales dibujados desde la inconsciencia de quien atiende a otra cosa. Un billete de autobús desde la ciudad: de periferia a periferia. Propaganda de un concierto de un festival de rock. La letra de una canción que he leído mil veces: «La quiebra fue lenta pero segura, entonces me vino la duda de los amigos sinceros». Un teléfono desconocido a lápiz atravesando el interior de la contracubierta. Tal vez, la persona que respondió a aquella llamada supo más de ella que yo. O nunca se produjo la llamada.

También hojeo a veces mis propios libros, antes de ir a dar clase al instituto. Las madrugadas de las noches en que no he podido dormir y deambulo por delante de la estantería del pasillo con un café en las manos y los pies descalzos sobre el terrazo gris. El amanecer tiene algo terrorífico y vital para los que lo miramos solos. Las sombras que nadie ve dibujadas sobre la pared, antes de que el día las ilumine y lo cubra todo de una luz más ordinaria. Cojo los clásicos: la *Crítica de la razón pura*. Es más fácil encontrarse en los subrayados propios. *La condición humana*. Pero, aun así, las ideas cambian y tampoco me reconozco. El sentido de lo importante va girando. Añoras la claridad con la que ese lápiz decidió resaltar una frase con el propósito de que le dijera algo a alguien en el futuro. Esa lucidez se pierde. Esa destreza para la prioridad. A veces, saco *Sobre la violencia*, que ella me regaló hace unos años, solo para encontrarme con su dedicatoria. *2005eko Gabonak. Adirane.*

A veces, me veo en algunas chicas del instituto a las que doy clase. No en las que levantan la mano en primera fila, no en las que llevan organizados los ejercicios en los separadores de la carpeta y se la ponen sobre las rodillas y buscan y siempre encuentran hechos los trabajos. Soy como las que se sientan en los laterales y los abrigos colgando de los percheros les ocupan parte de la mesa, las que no dicen nada. Las medio ocultas bajo su flequillo. También la reconozco a ella en algunas estudiantes. En la aventura de pasarse el papel doblado con una nota que no puede esperar al recreo. En la mirada desafiante de las travesuras. Esa forma de sostener la cabeza alejada de los hombros, erguida y distante. Los pies estirados por debajo del pupitre con las extremidades lanzadas sin compostura. La alegría para la redacción, la libertad para la errata y el fracaso.

Hace años que no veo a mi hija. Cinco años de pensar además en una nieta que existe pero no conmigo, como una presencia fantasma que imagino en todas mis horas. ¿Y no puedo enfadarme? Imagino los juguetes de una Ruth que no conozco tirados por el salón de la casa. Una ropa de cambio en un cajón esperando a alguien que no me visita por las tardes y que nunca se derrama sin querer el vaso de zumo encima. Un jaleo de escolares a las cinco a través de una puerta de hierro por la que yo paso de largo. Un rincón despoblado de sus dibujos colgados con chinchetas: primero, rayones abstractos y manchas, el descontrol. Después, toda la familia tomando forma poco a poco: cinco dedos para las manos y los pies. Cuerpo. Sonrisa. El pelo como palos tiesos que salen de las cabezas.

Cinco años sin ver a una hija que, sin embargo, no está tan lejos. Y son las diez de la mañana y todavía no la he visto. No se ha metido en mi cama al amanecer. No me ha llamado para el café. Le abrí la puerta de abajo, le dejé la puerta de nuestra casa abierta y una cena rápida dentro de la habitación por si traía hambre. Un bocadillo, me decía antes, solo quiero que, por una vez, me prepares el bocadillo, con pan del de verdad, sin que le quites el moho a las rebanadas y las dejes llenas de agujeros y eches una lata de atún antiguo. Como la madre de Diana. Como la madre de Ane. Y lloraba después. Tal vez con arrepentimiento o con rabia o con dolor verdadero. La infancia entera exigiendo presencia. Solicitando la abnegación de la madre. Pidiendo atención, matriz, hogar. Y toda la adolescencia echándole precisamente eso en cara: estar atenta, no estar en ninguna otra parte que no sea ese lugar estrecho donde si cuidas demasiado, ahogas, y si das un paso atrás, abandonas.

Adirane.

Adriana.

Mi nombre en el suyo. Es esa mujer que ha llegado y sigue siendo mi hija y entre las dos mujeres todavía podría estar viva esa adolescente de tanto reproche no sé con cuánta razón.

Pero ahí lo tiene, por fin, el bocadillo sobre la mesa con tortilla de patata, sí, yo misma la hice, con pan comprado ayer en la última hornada, como le hubiera gustado, como exigía, la jarra del agua y una naranja brillante en un plato y un cuchillo en una servilleta. Como hubiera querido entonces. No es un símbolo. Prometo que no. Mi amor ahora tiene forma de cena tradicional. De servilleta doblada en triángulo.

Lo he entendido.

Claro que no se lo ha comido. Cuando paso por delante de la habitación, la puerta ya está abierta y la comida sigue intacta sobre la mesa. Al lado, su teléfono móvil comienza a vibrar y me hace apartar la vista de esa naturaleza muerta y matinal. Es un cuadro que constata mi forma de llegar tarde siempre. Es un resumen perfecto para todas mis torpezas. Pero yo misma quería verlo todo así, sin un mordisco, despreciado. Eso yo sé traducirlo en que tanto no ha cambiado. Tan rota no está si aún no me permite alimentarla.

Su macuto está en el suelo y la ropa se derrama en la alfombra. La misma bolsa de aseo vaquera de Mickey Mouse con cremalleras rojas que llevó en aquel viaje de fin de curso en autobús a París. Cómo puede conservarla. Mi madre se lo pagó: Deja a la niña irse. Pero yo tenía miedo de que algo pasara con tantas horas de carretera.

Todo está arrugado. Trae mucho equipaje. Aquí ya no hay nada que ponerse, en el armario solo quedan calcetines desparejados, un par de bragas viejas, una mochila y alguna camiseta con publicidad. Nada más. La escucho reír en el salón con mi madre. Huele a miga de pan quemada y a jabón. ¿Habrá ayudado a mi madre a lavarse, a quitarse la ropa de la noche, a erguirse por primera vez en el día? ¿Habrá trasladado la máquina del oxígeno? Mi madre le está hablando de la guerra. De los siete *arrantzales* muertos del 31.

Cuántas veces me habré preguntado si las tensiones no tienen que ver con la tierra, con el agua, con el viento que entra. Lluvia gris mojando de gris los edificios grises durante días y días. Cemento calado siempre. Suelo brillante. Algo tiene este territorio, esta cuenca de montañas y esa lengua de mar entrando. Toda ferocidad tiene una raíz. Uno mira los cerros verdes y luego a la bocana y le deslumbra el paisaje. Pero o es la corriente o son las ganas de fugarse cuanto antes de este agujero de postal.

Avanzo por el pasillo y me apoyo en la puerta del salón. Mi madre está muy despierta y tiene las canas peinadas hacia atrás. Los ojos azules que ya no ven. Los ojos iguales que hemos heredado las dos.

El cuerpo de mi hija ilumina la habitación de otra manera. Tiene el pelo por los hombros, como siempre, pero muy corto en la parte de la nuca. El cuerpo está menos apretado. Más encorvado que entonces, cuando era un animal de rabia al fondo de la casa, ahora está despojado de soberbia. No hay arrogancia. No mira hacia atrás, aunque me haya escuchado, aunque perciba mi presencia en el umbral. Respiro muy hondo. Siento un temblor en la mandíbula, un castañeteo de los dientes ante mi propia hija.

Buenos días, Adi.

Se lo digo sin mucha voz, solo para hacer material mi presencia en la casa. Y me marcho como una perra decepcionada cuando retiran la mesa sin que nadie le haya guardado un pequeño bocado. Aúllo por dentro. Buenos días, Adriana, me responde. Es mi hija. Llevo años sin ver a una hija que ahora también es una madre.

Que te llame tu hija por tu nombre.

Quiero decirle: Mira aquí, estoy mayor.

Cuídame.

4

EL BUQUE NÚMERO 3

(Ruth)

De acuerdo. Yo te lo iré contando.

Aquella mujer era mi madre, Luz. Y ese era su hijo hombre, Matías. Y era a la vez el pequeño de todos sus hijos. Aquí nos ves. Es una de las pocas fotos que tenemos juntos: mi hermana Amelia, yo y Matías con dos años de diferencia entre cada uno. Matías y yo ni dos nos llevábamos. Lo suficiente para. Estamos ahí, los tres como tres pasmados en el muelle. A mí me llamaron Ruth por el día en que nací. Pero luego está la fábula esa de la mujer que se marchó de Belén para ir a Moab huyendo de una hambruna. Pues casi como yo. Cómo se llamaba. Pues eso, Ruth. Como yo. Pero mi madre eso no lo supo. Porque nosotros no creíamos en nada. Mi madre porque no tenía tiempo. Y nosotros porque mi padre era ateo. Cago en Dios todo el rato. Y mi madre que silencio.

Ya nos obligaron después a todos a creer.

Mi madre nos contó lo de Matías una sola vez, cuando volvimos, pero el luto fue hasta el final. Y esa historia que había contado mi madre se repetía por todas las bocas. Era siempre la misma. No les enseñaban a nadar. Empezaba y acababa en el mismo punto con una perfección que iban afilando en cada contada. La contaron tanto que la historia se quedó en los huesos. Cuando preguntábamos por más cosas, que quién fue el otro, que qué fue de él, que quién fue al entierro, las mujeres se quedaban en silencio y volvían a la narración aquella y no se decía nada más.

Tenía pánico esa mujer a perder la memoria y a que nosotras también nos olvidáramos. Así que nos hacía hablar de él todo el tiempo. Siempre teníamos al hermano muerto en la boca, y sin embargo había un silencio muy oscuro en mi madre rodeando la muerte de Matías.

Era el hermano muerto más vivo del mundo.

Vivíamos en duelo interminable. Sí se sentía culpable. Si digo la verdad, yo recuerdo solo ya la historia que nos repetían y al niño que veo en esa foto. Poco más de mi hermano. Poco de antes de marcharnos nosotras. La memoria es así. Cuanto más haces por iluminar un recuerdo a conciencia, otro se va apagando. Pero Matías siempre ha estado aquí, yo lo siento conmigo: como un hueco, como un recorte. ¿Cómo dicen cuando te amputan una mano pero sigues sintiendo que está ahí? Yo no lo sé ahora.

A ella, a mi madre, siempre le quedó que hubiera podido evitarlo, porque de él no quiso separarse. Nos mandó a nosotras y a él no. Podríamos habérnoslo llevado. Piénsalo ahora que eres madre. Pero quita ese gesto. Mira de frente. Lo eres. Imagina. Quién iba a pensar que el niño se ahogara cuando el cielo entero estaba cruzado de muerte. Pensábamos que el peligro estaba arriba y el peligro estaba en la tierra. Y en el agua. Un niño ahogado justo cuando se acaba la guerra. Después de un año entero fuera de casa, pasando un hambre de lobos, con las niñas sin saber bien dónde. Pensando que las niñas estaban perdidas en alguna esquina del mapa de Europa. ¿Cómo estaba Moscú de lejos entonces? O Inglaterra. Y qué más daba. Si todo era fuera. Todo era muy fuera. Porque ¿qué geografía sabía mi madre? Ninguna.

Como sobrevivir era tan complicado, como se pusieron las cosas tan feas, no se le daba la importancia que se le da ahora a perder un hijo. Pero doler, dolía igual. Entiende bien esto. Dolía igual. Pero se seguía adelante. Se tragaba el dolor y a caminar. A trabajar, más bien. Pero no hizo falta una guerra para perder a mi hermano. Los críos se morían a veces en accidentes, jugando, se morían muchas veces naciendo. O creciendo. Enfermaban de difteria, de pulmonías, sarampión, convulsionaban y se tragaban su propia lengua. Mi madre volvía a casa y decía: Se le ha muerto otro a María. Las otitis a veces no se curaban y perforaban el hueso hasta tocar al cerebro y los chicos se quedaban torcidos para siempre. Niños de cuatro años encerrados en cuerpos de hombres que deambulaban por las dársenas del puerto con la cabeza inclinada y la lengua torpe.

Había mucha oscuridad dentro de cada casa. Había niños muertos en casi todas las familias. ¿Nunca has visto esas lápidas en el suelo del cementerio que tienen barrotes alrededor? Son pequeñas cunas de los niños que se murieron.

Vale. Paro.

Pero que así era.

Pues aquello vistió de negro a mi madre hasta el final. Se convirtió en una anciana de treinta años. La verdad es que nadie más pudo mirar esa orilla sin pensar en Matías. Ni nosotros ni nadie. Tú lo sabes, porque pasas por ahí y se te viene la imagen de un niño clavado en el barro. Los recuerdos de las familias no hay que vivirlos para tenerlos, solo hay que contarlos. Y escucharlos, claro. Ahí ya quedó para siempre una placa invisible debajo del moho, del verdín, de todo lo que vive en la piedra que decía: Aquí se ahogó un hijo pequeño en 1940. Y ese fue el hijo de mi madre. Ese niño fue mi hermano.

Hasta que falleció, mi madre hacía lo que fuera, daba las vueltas necesarias para llegar al otro lado y no caminar junto a ese borde, para no cruzar por ahí hasta las fábricas. Como si algo se levantara de su fondo cada vez que se acercaba a la ría. Yo no tuve tanta tristeza. Porque no es lo mismo un hijo que un hermano. No lo es. Y crucé la Marealta todos los días durante muchos años para llevar a tu madre a la escuela y la ría volvió a ser lo que es: un cauce artificial que traía el agua de la bahía a esta parte. En esa ría se vertían los residuos de la fábrica de pinturas y el agua cambiaba de color todos los días. Yo le preguntaba por las mañanas a tu madre: Adriana, ¿de qué color es hoy la Marealta? Amarillo limón. Roja. Negra. Negra era muchas veces.

Casi todas.

El miedo venía por la frontera. Que por ahí iban a entrar, decían los hombres. Y que nosotros seríamos de los primeros.

Imagínate.

Los hombres estaban siempre a la gresca con la patronal. Si no eran los estibadores, eran los de la metalúrgica, los pescadores, los panaderos, si no, los astilleros. O los de la imprenta. Yo no sé qué pasaba aquí. Mi padre, que era tu bisabuelo, estaba metido en todo. Creo que fue en 1931 cuando mataron a siete compañeros del sindicato. Pedían descansos por los domingos que trabajaban en la mar, que les subieran el salario y les bajaran las horas de las jornadas. Esos hombres trabajaban como esclavos en los barcos. A veces, no dormían en varios días sacando las vísceras de los pescados en la cubierta para almacenarlos y echarlos a salar.

Mi padre se iba toda la semana y volvía solo unas horas el domingo y se volvía a marchar. A final de mes, paraba un fin de semana. Y eso tardó mucho en cambiar. Pero peor era la situación de los hombres que se marchaban meses hasta Terranova o Groenlandia.

Porque no te engañes, la República no nos había quitado el hambre. Qué va. Bacalao seco el que quisieras, besugo, pero ni una miga de pan, nada de cerdo. Y mi madre era de tierra adentro y creía la muy terca que lo único que nos haría crecer era la carne. Le tenía fobia al pescado.

Como a mi padre le pagaban parte del salario en peces

grandes y no había fresquera, mi madre nos cargaba de cestos a todos para ir al mercado de la ciudad. Allí lo cambiaba por pescadillas o por longanizas frescas o hígado y un poco falda de ternera para guisar. Me acuerdo de que caminábamos por el sendero junto al tranvía. Y a la ida, iba siempre renegando, caminando muy rápida, pálida y tensa como un espectro y con la rabia. ¿Cuál rabia de todas? Ni idea. La verdad es que mi madre pasaba mucho tiempo enfadada. Y a la vuelta, que si cantad, niños, que si no habláis, que si qué queréis hoy de comer.

Recuerdo ese hambre, porque recuerdo también el hambre que vino después, y aquello fue diferente.

Como los hombres estaban en huelga, trajeron marineros de Galicia para faenar y se siguió con la pesca a pesar de las protestas. Y empezaron los de la huelga a quemar cosas. Mi madre lloraba en la ventana pequeña de esperar a mi padre mirando los fuegos por toda la bahía porque sabía que se había llevado algunos aperos que nada pintaban en mitad de la noche y solo pensaba que podían estar ardiendo en cualquiera de esas fogatas.

Aquella mañana tu bisabuelo no volvió. Se fue a la ciudad con dos mil hombres más. Llevaban una pancarta: Queremos pan para nuestros hijos. En el Alto, les pararon. Mi madre nos contó lo que le contó después mi padre. Que la guardia civil a caballo disparó contra los hombres.

Murieron siete arrantzales más.

Se proclamó el estado de guerra en toda la provincia.

Aquello fue la guerra antes de la guerra.

Nos llamaban el soviet rojo. Un soviet, ¿sabes?, pero aquí.

De aquello, llegaron años todavía peores, con violencia y gentes armadas y hasta el alcalde fue detenido una vez. Tu bisabuelo se reía leyendo el diario. Decía que un articulista suplicaba misioneros que vinieran a evangelizar la ría. Qué guasa, decía, ¿no? Misioneros. Que vengan a dar de comer a estas tres bocas, gritaba mi padre, y nos señalaba uno a uno con saña, que vengan a todas las casas con comida los misioneros. No se me olvida.

Mi madre decía que él la iba a matar de una pena. Pero lo mataron a él, o eso pensamos, y se murió Matías, y ella no se moría nunca.

Por vosotras me quedé viva, repetía.

Tú la conociste, pero no te acuerdas. Era muy dura. Tenía esa pena dura y negra. Era de esa gente a la que nunca le pasa nada hasta que le pasa todo y revientan por dentro. Y eso no tiene ya arreglo. Mi madre había venido desde el sur a cocinar. Se aburría en su pueblo y dijo: Quiero hacer un viaje largo. Conocer mundo. Mira qué viaje más largo que la trajo aquí, a este otro pueblo, a doscientos kilómetros de su casa. Aunque era una mujer y estaba sola y eso sí era un viaje largo entonces. Se puso a cocinar en un restaurante. En unas fiestas del pueblo, bajo los plátanos de sombra de La Alameda, ella no quiso bailar una noche con él, le dijo que no y que no y que no y él insistió tanto que al final ella le prestó demasiada atención. Le miró y dijo bueno. Se casaron y nos tuvieron a todos seguidos.

Pum. Pum. Pum.

Las tres bocas.

Mi padre siguió siempre de marinero hasta. Sí.

Por eso no le recuerdo mucho. Es que ese hombre no estaba. Había sido marinero desde los diez años. Él tampoco era de aquí, había venido a trabajar de chico en el barco de un familiar. Cuando desapareció, mi madre cortó la relación con la familia. Su empeño fue mantenernos a salvo, y si eso significaba borrar todo lazo con mi padre y sus ideas y sus puños cerrados y arriba, lo hizo. Seguro que después se arrepintió alguna vez. A ellos les fue mucho mejor que a su hijo el marinero.

Cuando mi padre volvía de la mar, agarraba a mi madre de la cintura y la metía en el cuarto. Mi hermana nos mandaba llamar a la puerta de la habitación cada cinco minutos para molestarles. Pero ellos no salían y esa noche tenía que ocuparse de todo. Por qué va a ser, mema, me decía, porque aquí ya sobran bocas. Yo no entendía. No todavía. Sí recuerdo el sonido de sus dos cuerpos al otro lado de la puerta. El silencio que venía después. Luego, mi padre salía y se iba al sindicato hasta que era la hora de la cena. No hablaba mucho con nosotros, se fumaba dos cigarros, recuerdo que prendía el segundo con la colilla del primero, tosía, y luego silencio, una mano sobre la madera y el codo sobre el respaldo de la silla, las piernas estiradas y la camisa sucia abierta, y se acostaba. Por la mañana, ese hombre ya no estaba allí.

Nosotros vivíamos solos en la casa porque él no ganaba mal en la mar. Pero en otras se juntaban y criaban juntos a los chicos de varias familias. El pueblo era ya más o menos tal y como tú lo conociste, pero en más pobre. Feo siempre menos ahí, en el barrio del Este. Aunque había dinero. Se movía dinero del tráfico de productos que llegaban con los barcos. Piensa que por aquí entraba y salía de todo: la pasta de madera para el papel de todo el país, los cementos y millones de toneladas de pescado. En esa época se construyó la aduana, los edificios del puerto y los almacenes del muelle del reloj. Los niños recogíamos almejas blancas, navajas y quisquillas ahí mismo, donde están ahora esas casas.

Pero por la frontera, por más que decían, aparte del miedo, no entró nada ni nadie. En realidad, venían del sur y venían del mar y de pronto empezaron a venir de todas partes. Todos nosotros éramos como un solo enemigo. Con sus viejos, sus niños y sus mujeres también. Entonces pasó que un barco de guerra se instaló fuera de la bahía. Lo llamaban «el chulo del Cantábrico». Veíamos acercarse su silueta por la costa y empezaba a soltar cañonazos. Sin parar. Pasó varias veces que alguno daba la voz. Venía del oeste contra los puertos y los pueblos con sus cañones. A lo mejor soltaba cien cada vez que se ponía a disparar. Habían mandado ese barco a sembrar el pánico. Eso era una orden. Y sí lo hizo. Y claro que nos daba terror. Si el barco estaba cerca, los *arrantzales* se daban la vuelta y la gente se metía debajo del puente del tren o todos juntos dentro de los astilleros porque las paredes eran de metal y estaban ya lejos de la bocana. Las sirenas de alarma saltaban en cualquier momento del día y pitaban durante horas. Y entonces a correr. En el verano de 1936, no paró de dispararnos.

Uno de los proyectiles fue a caer sobre la maternidad de la ciudad. Y salieron del sótano las mujeres desnudas cuando pararon las bombas, descalzas sobre la ruina y con los bebés colgando del pecho, mamando.

Fue el verano más largo de aquellas vidas. Nosotros no nos dábamos tanta cuenta. Los niños no saben dimensionar los tiempos ni el peligro. Aquel verano solo fue eterno como lo eran para nosotros hasta entonces todos los veranos.

Mi padre decía estamos perdiendo la guerra, estamos perdiendo la guerra, cada vez que llegaba a casa, porque caían las ciudades por todo el país, y mi madre se puso a coser una bolsa de tela de saco para cada una, para que las niñas se lleven las cosas. Bueno, pues por si acaso, le decía. Y lo decía ya por debajo del ruido de las bombas. Todas las mujeres cosieron los sacos. Mamá les puso arriba un cordel de diferente color a cada saco. El mío fue verde, y el de Amelia, rojo. No hubo saco para Matías.

Fue entonces cuando desapareció mi padre. Para aquel verano, unos días después de la sublevación, el único barco de guerra que había en toda la provincia estaba aquí. Era el número 3. No se me olvida. La noche del 22 de julio, unos cuantos hombres y tu bisabuelo, afiliados todos a la CNT, se subieron al Lina, que era el pesquero donde él faenaba por la costa francesa. Dijeron que iban a llenarlo de gasolina al puerto y, al pasar por el muelle de Buenavista, abordaron el buque. Los soldados se lo permitieron. Serían unos críos como él. De ahí se fueron por la costa hasta la ciudad. Y pararon en medio de la bahía, al lado de la isla. Abrieron fuego contra el Náutico y el Casino, donde estaban metidos los sublevados. Después, se metieron en la desembocadura del río y estuvieron ahí dos días enteros.

Desde ahí, desde la desembocadura, dispararon contra el hotel, pero no acertaban, porque aquella gente qué sabía de disparar. Pero, al final, los que estaban dentro del hotel quitaron las sábanas de las camas y las sacaron por las ventanas como banderas blancas y se rindieron. Aquello, como tantas cosas, no sirvió para nada. Los detuvieron inmediatamente. Fue un desastre total. Contaban que sobre el puente quedó abandonado un camión militar con varios soldados muertos al sol que habían atravesado aquel fuego cruzado. Era pleno mes de julio de 1936. Pero la gente de la ciudad se sintió menos abandonada. Para eso sí sirvió. Eso no es poco.

En nuestro pueblo todo pasó rápido. Los disparos empezaron silbando una mañana sobre el agua. Del fuerte del monte a la bocana y de la bocana al fuerte. No sé cómo era posible con esa distancia. Yo no sabía cómo se hacía la guerra. Pero las balas y las bombas pasaban de abajo a arriba y de un lado a otro. Aquel mes de agosto lo supimos bien. ¿Has oído alguna vez el ruido que sigue a una detonación? No creo que hayas oído nada. Es un silbido urgente. Y parece mentira que ese ruido pueda preceder a la muerte.

Cada día había más disparos y más explosiones. Como no se veían unos a otros, tenían que mandar las bombas haciendo una parábola, calculando. Y como se fallaba tanto, caían sobre nosotros y rompían los cristales de los edificios y había escombros sobre el agua todo el tiempo, como una lluvia de piedras. Hasta las balas entraban dentro de las casas. Los obuses reventaban las chimeneas de los edificios y los restos caían varias calles más atrás.

Una familia estaba comiendo y algo entraba de golpe por la ventana hasta el corazón de la madre. Y la madre se quedaba con el cucharón saliendo del puchero y la boca abierta. Muerta de pie.

Y luego gritos.

Al principio, los niños jugábamos a buscar los cartuchos por el canal o entre la herrumbre. El monte se quedó sembrado de munición sin explotar. Cuantos más encontrabas, mejor. Era una competición siniestra. Los niños entienden perfectamente la muerte, igual que la entendemos los viejos. Los problemas reales con la muerte los tenéis la gente mediana, que no estáis preparados para perderlo todo cuando acabáis de conseguirlo.

Y entonces empezó a haber más accidentes. Murió un niño al tocar una granada. Le reventó en la mano. Las mujeres dejaron de ir a los abastos a por agua y comida. Las colas fueron menguando hasta que nadie salía de su casa. Los pesqueros llevaban mucho tiempo sin ir a la mar. Y acabamos todos encerrados sin nada que llevarnos a la boca. Y nosotros, como tantos, sin padre.

Una noche, entraron unos hombres en casa a buscarle. Mi madre se asustó mucho. Mejor que no vuelva, o algo así le dijeron a mi madre. Y los demás, mejor os vais y tampoco volváis. Puta, le dijeron. Cállate. Me acuerdo de esas palabras. Mi madre lloraba tragando y tragando y recogiendo la casa. Yo no le conocía ese gesto de morderse la lengua a mi madre. Porque mi madre no se callaba nunca las cosas.

Una mañana, nos mandó recoger los hatos. A todos los del portal nos querían meter en un pesquero que nos sacaría de la ría. Y allí nos fuimos los tres y nuestra madre. El mar parecía que no se había enterado de nada. El mar estaba como siempre, a la derecha, verde intenso y gris nuestro mar, ese mar que tanto te gustaba de niña. El pueblo entero fue saqueado mientras no estábamos. Las casas destruidas por dentro. Todos los nombres fueron registrados. Éramos traidores y familias de traidores. Y lo fuimos para siempre.

Ya sabes, los del soviet.

Ya en la ciudad, un día, mi madre salió y nos contó después que ella no quería pronunciarnos. Os juro que no quería decir vuestros nombres. Pero qué iba a hacer. Ya sé que son dos, señora. Diga bien los dos nombres y los dos apellidos y me da igual que sean hermanas, diga completos los nombres y los apellidos de las dos crías. Pienso en el hombre con las manos como dos pezuñas fijas a punto de golpear las letras, una a una, de mi nombre y el de mi hermana. Y en mamá corriendo de vuelta a la casa donde vivíamos todos. Nadie imagina lo que significa separarse de un hijo. Y de otro y de otro. Como si se quedaran las tripas vacías de golpe. Una tripa sobre otra tripa sobre otra. Decir tú sí, tú no. Decir vosotras. Desprenderse. Soltar la mano.

Qué acabo de hacer, decía.

La noche antes de marcharnos, mi madre no durmió y repitió muchas veces lo poco que pesa una niña y lo mucho que pesa un barco. Toda la vida he recordado a mi madre hablando durante aquella noche del remolino de agua que formaría el naufragio del barco y lo poco que le costaría tragarnos. Hablando del mar lleno de carne de niño y de hierros. Nadie sabe lo que significa tener que salvar a un hijo hasta que tiene que hacerlo.

Pero uno lo hace.

Lo harías.

Tú también lo harías.

Nada era fácil. Aquello no pasó hasta un año después de estar en la ciudad, cuando volvió de la calle esa mañana llorando. Os he alistado. A las dos.

Pero no a Matías, dijo. Y se tapó la boca.

Y fíjate que fue Matías el que se le murió cuando volvieron a casa. Porque ya te decía que no les enseñaban a nadar. Un año, tres años más. Un hermano menos.

Es que todo se cuenta ahora muy rápido.

5

TODOS LOS ZAPATOS

(Adirane)

Cien por cien algodón. Franela. Suavizante. Lo bien hecho. Lo bien lavado. Lo bien doblado y guardado. Como si la cama de la casa de la abuela no fuera suficiente ahora para un cuerpo como el suyo. Como si el pijama de cuadros se le encogiese sobre la piel cada vez que se mueve. La rabadilla fría, los muslos apretados. En esa casa, el miedo infantil, el corazón roto, la primera excitación indómita como una explosión inesperada debajo de las sábanas.

Afuera, la quietud del pasillo largo, demasiado ancho para las dimensiones del piso. Corredor por el que se cuela el viento bajo la puerta de entrada y adonde van a dar las habitaciones de las tres mujeres, dos dormitorios y ese cuarto donde ella duerme ahora: una cama, muebles viejos, una máquina de coser con una pila de retales encima. En el salón, un reloj que canta todas las horas. La cocina, siempre recogida, barrida y fregada a cada última hora. Nunca la pila llena de cacharros sucios de la cena de ayer. No hay migas de pan, ni jugo reseco de las frutas cortadas para el almuerzo de la niña en las encimeras. En la nevera, no se pudre ningún tomate olvidado.

Lleva varias noches vigilando el crujido de la calefacción como a un sistema vivo que se retuerce en un burbujeo metálico. ¿Es una insomne? Es Alicia en la casa del conejo blanco. Alicia con las extremidades descubiertas por la colcha de estrellas de ganchillo. Mira a través de ella: de quién serían las manos que la tejieron y durante cuántas tardes. ¿Es esta punzada del pecho el arrepentimiento? No sabe cómo se ha mantenido lejos durante tantos años. Porque son demasiados días pasando, dejando de lado una vez y otra la decisión de volver, la respuesta a cuándo arreglaría las cosas con su madre. ¿Acaso podían pedirse perdón? ¿Quién es la que tendría que hacerlo cuando no hay una herida concreta, cuando no se puede pronunciar la palabra exacta? Cuando ya no hay vuelta atrás, ¿cómo se repara eso? De alguna manera, hace tiempo que comenzó a entender las razones de la inconsistencia de su madre cuando le hablaba de su padre, siempre relatado entre otras cosas, con esa forma de no decir nunca una mentira, ni de darle tampoco una respuesta. ¿Por qué tenía que hacerse cargo ella de indagar en algo así? Había heredado un hueco, una soledad, una piedra lanzada no sabía contra qué cuerpo. ¿Y nadie iba a explicarle nunca nada?

La vida no se ha detenido en esa casa, con sus mujeres dentro envejeciendo mientras ella mantenía conversaciones inocuas, mientras los bailes de madrugada en antros sucios y estrechos, cines subtitulados, millones de minutos perdidos con gente por la que no consiguió sentir nunca interés, de las que no recuerda ya su nombre. Mientras levantaba otra familia.

Ella nunca planchará la ropa de cama.

Se borra poco a poco su llegada de hace unos días. Pierde peso el viaje. Empieza el distanciamiento. Ya está ahí: fuerza los ojos, mira el techo, palpita el labio, ve borroso aún. Siempre te ha gustado la destrucción, le dijo Iván una vez. Pero, en realidad, a ella lo que de verdad le gustaba era lo que ya había sido destruido. Por eso, la extrañeza templada al despertar en esta casa que parece repuesta de cualquier ausencia.

Han sido las sábanas húmedas y tiesas pegadas a la piel desacostumbrada por la sequedad de Madrid lo que no le deja dormir bien. El roce de una tela con otra, la tracción y la resistencia. No puedo moverme, se angustia. Tira de ellas y las mira, tienen pequeñas flores descoloridas. Dejan pasar la luz. Recuerda el tacto y recuerda el olor de la humedad pegada al tejido y fijada durante años de estar guardadas en un cajón. Lo que no recuerda es cómo se descansa sin preocupación en ellas. Pasa la mano por la pared desgastada hace años por su propio cuerpo infantil. No la han vuelto a pintar. Hoy sí le molestan los muelles en los riñones, la rigidez del cuello al despertar y la luz constante de la estación a través de los agujeros de la persiana. Aunque ya nada es tan salvaje como entonces. Nada tiene ya esa monstruosidad de herrumbre y de carbón, de humo y todo gris. Paisaje que no se escapa del óxido.

Cómo podían dormir. Con todos esos coches y camiones pasando camino a Francia durante todo el día y toda la noche, las luces de los semáforos pegando en el techo, las descargas interminables de contenedores y más contenedores, los petroleros soviéticos cruzando la bahía, chatarra, madera, hierro sobre hierro retorcido. Paisaje de basura metálica todo el tiempo: esto sí es la destrucción. Es muy difícil recordar desde el silencio el ruido que hace lo inmenso: las grandes ovaciones, la demolición, el agua que cae desde un salto estrellándose contra el agua. El sudor recordado desde el invierno.

Tampoco duerme porque, además, se levanta temprano cada día y se sienta junto a su abuela, estruja unos huesos con otros, siente que se puede romper en cualquier momento, intenta volver a grabar. A veces, desiste. A veces, lo consigue. Peina su pelo suave y escaso, hebras de pelo blanco agolpadas en mechones con agua de colonia hacia atrás. Huele el cuello limpio, mira detrás de sí para saber dónde se le ha perdido ese día la mirada: en la pared de enfrente, en la ría, en sus propias manos flacas, manchas púrpuras de la piel sobre las articulaciones. Se demuestra constantemente que todo eso no ha sido una excusa para salir corriendo, o no solamente. ¿Pueden dos momentos cruciales superponerse el uno al otro? Claro que pueden. Aquí están. Cómo va a dormir. Si cada vez que cierra los ojos se despierta de una pesadilla interrumpida que no consigue recordar y con el corazón bombeando en el pecho, en el cuello y en las manos. Si se yergue diez veces sobre la cama. Qué es este temblor que apareció una noche de hace unos meses en la punta de los dedos. Esa electricidad espontánea: el ruido del corazón por todas partes. Debajo el pijama. En las sienes. Un caballo dentro pegando coces contra el esternón.

Lleva días sin dormir porque sabe que a cientos de kilómetros la niña sí duerme. Porque piensa también que puede despertarse con ganas de hacer pis en mitad de la noche. Decir *ama, ama,* mami, la cama está fría. Arrópame. Y que ella no está para abrirle las sábanas y cogerle los pies y meterlos entre sus piernas calientes. No la va a encontrar para recoger todo ese cuerpo pequeño con un abrazo, el acople perfecto, la galaxia interior. Para cantarle en voz baja: *Haurtxo polita sehaskan dago, zapi txuritan txit bero.* Piensa que la niña puede desvelarse a casi quinientos kilómetros de ella y buscar su pecho para poner la cabeza sobre el corazón y no encontrarlo. Sabe que, marchándose, se ha anticipado a lo que tanto miedo tenía. A su propia desaparición. La silueta recortada en el sofá de la tarde.

¿Dónde está? Papá, ¿no vuelve *ama*?

Los dos empezarán a saber qué significa que ella no esté, aunque él tardará todavía un tiempo en dimensionar el portazo. Una casa se convierte en otro espacio cuando falta para siempre uno de sus habitantes. Ella no se ha ido en defensa propia, pero tampoco ha tenido que esperar la llegada de ninguna catástrofe que provoque ese grito infantil en mitad de la noche no sea contestado. Se ha adelantado tanto a su premonición que ella misma ha encendido la mecha. Ha sido ella y no otra cosa, no una enfermedad del cuerpo, no la muerte súbita, no el deterioro de las células quien ha dicho: Hasta aquí. Ni siquiera hacía falta esa radicalidad hasta que dejó que se convirtiera en algo incontestable. Ha puesto por encima la felicidad de una niña alejando la sombra de una madre que está triste.

Todos los días que ya ha amanecido sobre esa cama se ha resistido a enviar un mensaje. Todas las mañanas frente a la diatriba incontestable: ¿es para siempre? Y se frena para no preguntar qué tal la noche. O ¿qué está desayunando?, ¿ha tomado fruta hoy? Leche, legumbre, masa madre del pan. ¿Le pondrá ya los pantalones de pana? ¿Y si le hace daño la goma del pantalón? Si se le clava la cinturilla o se queda retorcida debajo de la tela, hundiéndose en la carne nueva, marcando en rojo, dañando durante horas y horas de colegio, debajo del impermeable, debajo de todas las capas que no se descubrirán hasta la noche. ¿Y qué si el frío le corta los labios?

Todos se acostumbrarán. También ella.

Un sol todavía bajo alumbra la vieja estantería de pino destartalada. Se levanta de la cama y abre el escritorio abatible donde la sentaban de niña a dibujar. Las bisagras están duras y siguen delatándola cuando trae hacia sí la madera y salta el imán. Adentro, las mismas cosas que entonces, casi el mismo orden y olor a tinta y viruta, a polvo quieto sobre el papel viejo. Las revistas municipales acumuladas, siempre sin leer. La caja de madera de puros habanos llena de bolígrafos secos, ninguno de valor. Coge uno y, al girar, lee el nombre grabado de su abuelo, muerto en el 98. Un compás de resorte, una regla azul de plástico de propaganda del banco, una goma de caucho, una ficha de su madre de la universidad, septiembre del 79, clips y bloques de grapas, una boquilla de nácar para fumar el tabaco negro.

Hay una montaña de carpetas de cartón con miles de papeles que ya no sirven de nada, pero que empiezan a ser testigos de un pasado remoto. En una de ellas, encuentra una fotografía de su madre y de su abuela a mediados de los ochenta. Busca sus miradas. Las dos mujeres son jóvenes y están sentadas a la mesa redonda del salón. Ella tomó esa foto, cortó la lámpara y el brazo de su madre en el encuadre y desplazó hacia la izquierda a las dos mujeres de forma dramática. Hay algunas tazas vacías sobre la mesa, blancas con pequeñas flores azules, son aquellas que regalaban comprando yogures en el supermercado. También hay una caja de galletas abierta. Su madre lleva el pelo negro y levantado de la época, un conjunto de camisa y pantalón de rayas blancas y azules. Tiene la cara apoyada sobre los puños y mira a cámara molesta por algo. Su madre tiene los ojos azules más oscuros que ha visto nunca. Tanto que, en las fotos, si no forzaba su apertura, si no miraba directamente a la cámara o incidía en ellos la luz del sol, parecían negros. Ella los tiene casi iguales, pero más caídos en las comisuras. Y cada vez más hacia abajo. La abuela parece una mujer muy mayor en la fotografía, pero debía de rondar entonces los sesenta, empuña un lápiz y su mano descansa sobre una montaña de papeles. Lleva una rebeca verde que ella misma tejió y una camisa de tela amarilla con pintas negras. La casa, como un escenario perpetuo, está prácticamente como ahora.

¿Qué sabe de esas dos mujeres?

Abre una carpeta azul. El elástico viejo se estira y se queda dado de sí. Dentro hay una vieja contabilidad del abuelo de 1980. Pasa la mano sobre la caligrafía. La letra alambicada en bolígrafo azul que aprieta sobre el papel: es el gran orden. La intuición de cómo se tenían que hacer las cosas. Entradas y salidas de dinero. Miles de pesetas. Columnas de cuentas. Todo registrado.

Encuentra el recibo de una gabardina larga de señora comprada en los años cincuenta en la Parte Vieja, las medidas de los arreglos para unos pantalones de tergal, el esbozo de un trabajo de ebanistería de su abuelo que incluye una rosa de los vientos en el suelo de un salón de la calle Prim, una cita con el practicante, la respuesta del Ministerio a su madre diciéndole que sí, que puede acampar en 1972 en la ribera. Encuentra una factura casi borrada. Estira el papel. Es de una zapatería. Son unas botas de niño compradas en una tienda de la ciudad en 1985. Son sus propias botas. Recuerda aquella piel curtida del uso, el polvo acumulado en las arrugas del cuero. Y recuerda una noche de hace poco más de un año, cuando ya nada estaba bien en su casa.

Entonces, solo empezaba a poner al miedo su verdadero nombre. Qué era exactamente lo que no estaba bien. Ella no lo sabía o no quería reconocerlo. Si el cuerpo dolía, si no respondía, es que algo estaba fallando dentro. Eso era una convicción. Y soltó los estribos porque estaba cansada, también físicamente, pero estaba cansada, sobre todo, de pensar y de dar vueltas y a la vez estaba muy cansada de no encontrar tiempo para pensar y él no tuvo fuerzas para sujetarla. Estaba cansada de tener miedo. De tener miedo al miedo de que pasara algo. Vivía bloqueada en una anticipación. Y ella odiaba los pensamientos abstractos.

Se levantó de la cama y se puso de espaldas a la pared. Miró la habitación como si ese nunca hubiera sido su dormitorio. A él como si nunca hubiera sido él. Perdió todos los recuerdos anteriores que tenían juntos a los que asirse. Los muebles de madera ecológica traídos del norte que nunca barnizaron. Las reproducciones de Rothko sobre el cabecero de ratán en tonos similares a la colcha y a las cortinas, la sábana que imita el lino francés retorcida sobre el colchón como una tromba de agua. Todo lo había buscado ella. Eso era lo que había querido. Y era lo que tenía.

Él le pidió, incorporado, que se tranquilizara, qué te pasa, qué te duele, el pecho desnudo, ojos de animal asombrado, cómo voy a tranquilizarme, me vas a calmar tú, le gritó. Quién más está aquí para calmarme. Él no iba a calmarla, él no sabía calmarla ni podía. Me duele el pecho, no lo entiendes. Me va a pasar algo. Estoy cansada. No puedo más. No hables fuerte, dijo él. Entonces ella se sentó en el borde de la cama y lloró. Algo parecido a eso debía de ser tocar el fondo. Y, sin embargo, solo era la primera vez que le ocurría. Decir, confesar, gritar en busca de ayuda, exclamar me va a pasar algo. Porque ella podía entender muchos diagnósticos sobre sí misma, pero ninguno que no fuera del cuerpo, un músculo contraído, un órgano que se echa a perder.

En todas las rutinas hay una zona abisal. Lugares de medianoche. Ahí no entra la luz del día. No hay indicaciones, nada se enciende cuando ya has dado un paso dentro de la zona de peligro, cuando puedes ser devorado por ese remolino que nace justo debajo de tus pies. Son las orejas del lobo. Pero ahora el lobo está dentro de ella. Está ahí, haciendo que su mandíbula tiemble en el dormitorio.

La niña oyó los gritos y empezó a llorar en su habitación. Fuera, Madrid parecía en calma, Madrid iluminado más allá de las circunvalaciones. Del nudo sur. La pista de fútbol de los domingos, las hileras de farolas como luminosas boyas naranjas que señalan el camino del parque por el que empujaron el carricoche, la escuela infantil con sus mariposas en los cristales y el colegio a oscuras. La misma ciudad que cruzaron una noche después de una fiesta del trabajo, él con los ojos enrojecidos por la bebida y ella con la falda manchada y húmeda por una copa derramada. Las calles que atravesaron mientras los edificios iban apagando poco a poco todas sus ventanas. Quién era ese hombre y dónde se había escondido. Ese cuerpo flaco, la barba pelirroja en el mentón, los ojos transparentes. Y qué era eso que le traía en las manos, ¿no sería, acaso, bondad?

Ella juntó las palmas delante de la cara y se tapó la boca con ellas. Arrancó de sus manos un olor de mujer antigua, a cebolla, a lejía, a piel reciente de niño. Intentó explicarle lo que le pasaba. Que sentía que le podía pasar algo y no estar a la altura que ahora la vida le exigía. Pero cómo iba a ser eso justo ahora, que tenía una hija. Es por eso también. Alguien que respondía con amor al amor. Cómo iba a pasarle esto justamente cuando lo más importante la requiere. Él fue a calmar a la niña, le dio agua y le dijo todo está bien, Ruth, aquí no pasa nada, ¿no lo ves? Es nuestra casa. Has tenido una pesadilla. Y volvió después junto a ella con la mirada en el suelo, detestándola de alguna manera circunstancial por haber provocado un llanto.

Pero sabía que él jamás metería un pie dentro de ese huracán, que él esperaría a que pasara. Eran dos animales asustados en los bordes de una carretera. Los ojos iluminados, el pelaje encrespado. Qué hacía ahora con todo ese miedo. Cómo se manejaba ese nervio. Cómo se había alojado en su cuerpo sin permiso.

Y entonces: Quién va a cuidar de ella si yo no estoy, le preguntó. La mirada de él por fin se levanta y se clava justo en el centro de la suya. Tarda unos desesperantes segundos en responder.

¿Yo?, le dice, ¿no crees que yo podría cuidarla si tú no estuvieras?

Y aunque ella sabe que ha perdido el sentido de la conversación, que la derrota se declara a su espalda, todavía le dice: ¿Quién va a comprarle los zapatos si no te sabes el número de su pie? Quién se va a dar cuenta de cuánto frío hace cuando va por las mañanas al colegio, quién lavará los pijamas de invierno para que no se acumulen en el cesto y contará las legumbres que come cada semana y cortará las uñas del pie a tiempo, antes de que se le claven contra las punteras.

¿Y qué vas a hacer, Adi? ¿Vas a comprarle todos los zapatos hasta que deje de crecerle el pie? Vas a poner una fila de cajas de zapatos en su armario con todos los números por si acaso. Veintiocho, treinta y uno, treinta y siete. Por si te pasa algo a ti. Por si algún día finalmente decides largarte. O te pasa algo, qué se yo, te enfermas de verdad, desapareces, qué. ¿Eso es lo que quieres darle? ¿Es eso ser una madre? ¿Vas a dejarle una montaña de cajas numeradas y ordenadas por tallas con todos los zapatos? Él nunca gritaba. Y ella respiró porque había recibido lo que buscaba.

Todavía tardó más de un año en marcharse. Tardó un año más en no perdonarse por romper el sueño de su hija esa noche. Y no dejó los zapatos preparados para la vida de nadie, pero sí se ocupó de meter en una caja de cartón que escondió debajo de la cama algunas fotografías de las dos juntas, la pinza manchada de yodo de su cordón umbilical, una lista con sus películas preferidas, un frasco con un resto de su perfume, el mechón del primer corte de pelo de Ruth y montajes que ella había hecho para sus tres primeros cumpleaños. Un botiquín para la salvación de su propia memoria de madre.

No se quedó a esperar más a que alguien viniera a acariciarle el lomo. Que algún tipo de magia atravesara sus vidas. Porque ni él ni su propia madre antes habían acudido nunca al consuelo. La dejaban llorar hasta que ella sola se tranquilizaba. Y ella era una mujer que necesitaba compasión.

Y quiso marcharse, sabiendo perfectamente las consecuencias de cruzar esa puerta. Porque ella no tenía una razón concreta. No tenía un dolor para señalarlo. Ella no era una madre contra las guerras de los hombres, como lo fue su bisabuela. No era una mujer alejando a su hija de la violencia y callando durante décadas, avergonzada o asustada, un origen, como había sido su madre. Ella lo tenía todo, lo había levantado todo, pero ya no lo quería. Porque algo no estaba engrasado. Porque algo, lo decía su cuerpo, lo decía un temblor, no funcionaba. Solo las madres muertas no comparecían en la exigencia de la abnegación. Pero ella no iba a esperar. Necesitaba saber si era eso lo que la asustaba. Y eso era algo informe, de límites difuminados y grande como la construcción de una familia.

Cómo iba a darse cuenta de si quería o no ser esa persona.

O, más bien, de si no quería ser esa madre.

O la mujer de ese hombre.

Exactamente, ¿cuál de todas las preguntas era la que tenía que ser respondida?

6

¿QUIÉN ES PAPÁ?

(Adriana)

Está tomando notas en el balcón, sentada en una silla de playa de aluminio y tela de rayas. Lleva un gorro de lana y una bufanda roja. Se ha puesto mi abrigo. Escribe en una libreta que apoya sobre sus rodillas. Los pies, en la baranda. A veces, mira hacia el frente y vuelve al cuaderno. Un ro-ro ruso de más de cien metros de eslora parte el agua de la bahía en dos rumbo al muelle. Avanza lento frente a las pequeñas casas de colores. Un monstruo oceánico entrando a un país de cartón.

Todavía no quiere hablarme, buenos días, hace frío, ¿traigo pan?, pero tendrá que hacerlo en algún momento. ¿Soy un peaje para ti?, le preguntaría. Yo sé que existe, entre todas las posibilidades, una en la que ella y yo, una madre y una hija o una abuela y una nieta, inexactas siempre y no siempre recíprocas, nos sentamos a la misma mesa y ponemos las cartas boca arriba. Pero esas dos se parecerían poco a nosotras. Las parcas en palabras. Las que lo dan todo por sabido. Por supuesto.

Si al menos me mirara, podría contarle esto: Hubo una tarde de otoño en que volviste a casa con mucho calor y también acabaste sentada ahí. Traías ese olor a piel de niño todavía mezclado con la arena, mezclado con sudor y charco, olor a hojas secas. Habías dejado la bicicleta en el portal. Llevabas una falda de punto y un jersey de rayas anchas blancas y azules. La abuela se había empeñado en ponerte aquellos zapatos negros de correa que se te clavaban en el empeine y que ni a ti ni a mí nos gustaban. Yo no quise discutir. Salieron de casa brillantes y volvieron grises y arañados. Me alegré sin ruido al verlos destrozados en el umbral. Al tocarte la cabeza cuando pasaste por mi lado en la puerta, noté que debajo de la mata de pelo habías sudado.

Volvías de jugar toda la tarde en la plaza. Te miraste al espejo del pasillo y dijiste que eras una niña-sol porque, despegado de la tirantez de la cola de caballo, la humedad encabritaba tu pelo alrededor de la cara, siempre claro en ese nacimiento, casi blanco, como débiles rayos. Traías los labios secos de la sal de las pipas de calabaza y manchas rosas por la barbilla. Nos hemos comido un Flash. Las piernas rozadas de negro, con churretes que llegaban hasta los tobillos: ¿Has estado en el puerto? Te dije que no fueras al puerto. No he ido, *ama*.

Tenías siempre una voz muy verdadera. Era imposible no creerte. Eras una pequeña guerrillera que volvía después de darlo todo debajo de los tilos, ficciones imposibles, brillo en la mirada del que se salva al escondite. Por mí.

Llené la bañera y te ayudé a desvestirte. Retuve muy a conciencia aquel momento, porque ya quedaba muy poco tiempo de poder quitarte la ropa, de sostenerte sobre un pie mientras te sacabas el calcetín con equilibrios de payasa. Te froté la espalda, los brazos y el cuello sentada en aquel baño de azulejos geométricos color caramelo que cambiamos muchos años después, cuando tú ya te habías ido. Te lavé el pelo con ese jabón que siguen vendiendo todavía y que huele amargo, pero con el que no se llora, no más lágrimas, y te puse una toalla en la cabeza mientras jugabas a hacer espuma con un bote vacío de gel que llenabas y vaciabas. Cuando el agua se quedó fría, te saqué y te abracé con la toalla limpia y azul, rasposa como todo lo que se lava en casa de la abuela. Contaste algo acerca de Ane mientras la toalla pasaba por delante de tu cara interrumpiéndote, algo sobre hacer el pino a la vez contra la pared las dos con las piernas abiertas y cruzadas, como una uve doble, y te miré mientras te ponías el pijama sin callarte nunca.

Y esta es la historia que no grabarás: la mía. Llevábamos dos años viviendo en la casa de los abuelos. Yo me había quedado sin trabajo. No podía sostenernos más. La abuela me hacía pequeñas compras de supervivencia que me daba en bolsas de plástico del mercado. Metía filetes de ternera, yogures y galletas. A veces, también metía chocolate y chicles para ti. Y a veces, billetes doblados agarrados con una goma amarilla. Pero eso no era. Así que volvimos a vivir con ellos.

Fueron años terribles, no solo el plomo, no solo el caballo. Eran tiempos atroces. Había oscuridad en el aire aunque saliera el sol. Yo pensaba que tú no te dabas cuenta. Que te bastaba con mi mano en tu mano. Pero eso estaba ahí, y nada era invisible. Aquellos años son parte de ti también. No como una metáfora, no como una forma de hablar. El aire estaba contaminado y nosotros lo respirábamos. Cuántas veces me has contado algo después que hace referencia a esos días, siempre corriendo por la calle hasta casa, no toques lo que no sabes qué es, no cojas caramelos a nadie, no te vayas con quien no conoces. Yo, a diario cansada, adormilada haciéndote la cena, la boca que sigue contando el cuento ya desconectada mientras la consciencia despega hacia otra oscuridad. Pensando si no sería mucho mejor cambiar de sitio, movernos hacia el interior. Pero a las hijas únicas nos cuesta mucho alejarnos. ¿Te costó a ti?

El muelle del puerto estaba lleno de hombres que no tenían nada que hacer. Se ofrecían a los pesqueros. Hacían cola en la fábrica de tubos de estaño. Llegaban a las puertas de la cartonera y esperaban. Pero aquí ya nada era lo de antes. Las flotas habían mermado mucho hacía unos años. No había trabajo. Había mucha droga. La violencia era la foto de un coche incendiado en la esquina de una calle del centro. Un día tras otro y otro más. Reventaban bombas en unas manos, aparecían dianas pintadas con el nombre de un compañero que no quiso ir a la huelga. Nos conocíamos muy bien. El yerno de no sé quién. El hermano del otro. El hijo de aquella mujer.

El abuelo quería que siguiera estudiando, pero yo no quería cargarles conmigo y contigo como si fuéramos dos hijas. Al final, cedió y me consiguió un empleo en las oficinas de la fundición a través de un amigo. Me hicieron un examen al entrar. Y lo aprobé. Me enviaron a la oficina de la machería. Yo no sabía ni qué era un macho. Pero lo aprendí. Solo había conseguido tener media carrera de Filosofía y Letras. Porque tú habías llegado antes que mi título.

Trabajábamos dentro de una jaula que daba al taller. El ruido era terrible. Primero hacían las piezas en arena y luego en hierro. Recuerdo todavía el olor de la arena prensada con el aceite. No he vuelto a respirar nada así. Las máquinas hacían muchísimo ruido alrededor de la caldera y las cucharas. Me dolía muy a menudo la cabeza. Saltaban fuegos artificiales como bengalas.

Había hombres quemados. Hombres amputados. Hombres con los bronquios destrozados que salían tosiendo de madrugada de su casa y regresaban tosiendo por la noche. Pero eso eran cosas que pasaban y nada más. Así había sido siempre. En esa oficina yo llevaba las hojas diarias de trabajo de todos esos obreros. Si los hombres paraban porque faltaba material o porque la máquina se había averiado, o porque se iban a comer, había que anotarlo. Y había que penalizarlos. Si algún hombre se cabreaba con el jefe y lo mandaba a la mierda, se escribía una sanción muy dura, pero no lo despedían, porque esas manos hacían mucha falta.

Entraba a las siete y media de la mañana y trabajaba una hora más que el resto por ser la oficina del taller. Así que tenía que comer allí. Fuera de la fábrica, había un bar. Estaba siempre lleno de obreros. No solo de la fundición, también de la petrolífera. Aquello era una pequeña ciudad anexada al pueblo. Con su humo y sus habitantes vestidos de mono azul. Estrecha, oscura y asfixiante. A mí no me gustaba entrar en aquel bar. Pero casi nunca me daba tiempo a prepararme nada de comer la noche anterior.

Y aunque beber estaba prohibido en horario laboral, bebíamos. Todavía en esa época, algunas mujeres se casaban y desaparecían de la fábrica. No era algo voluntario. La empresa hacía un regalo envenenado. Si te casabas, toma, no sé cuántas mil pesetas, y largo de aquí. Sabían que casi todas tendrían hijos y casi todas tendrían también que saltarse un día el trabajo para poner un termómetro debajo de un brazo, para llegar a la función de Navidad o para salir corriendo a untar de yodo una rodilla. Algunas empezamos a pelear para que eso terminara. Nos juntábamos en las pausas. Al final, la empresa lo admitió y desapareció el dinero y el despido.

Entonces los jefes nos felicitaban con un par de besos. Ese tacto de cuchilla de aquellas barbas mojadas de loción y crecidas durante la jornada. Pero nosotras no necesitábamos felicitaciones, queríamos dinero para compraros un abrigo, una mochila nueva a nuestros niños, camisetas interiores, que no faltara la leche en la nevera.

En aquellos años, conocí a Sebas. Venía de trabajar como peón en una obra del centro de la ciudad, pero era de Salamanca. Vivía en la única pensión que había en el pueblo. Trabajaba en Rutina, que era donde ganaban mejor, pero donde peor se pasaba. Había venido a trabajar, y eso era lo que hacía. Su familia tenía unas tierras y querían que volviera, pero él quería ver mundo, navegar, el ancho mar, Adriana, eso quiero ver. Adriana, la que viene del mar, me decía.

Pero acabó aquí, en este pueblo partido en cuatro, varado en la boca de este puerto sin montarse jamás en un barco. Era un hombre compacto en todos los sentidos, con la nariz gruesa y los ojos brillantes de los animales inteligentes. No guapo, pero sí. Trabajaba de lunes a sábado y los domingos se iba a la ciudad para seguir formándose. En el bar, negro de polvo de metal de la cabeza a los pies, me invitó una tarde de domingo a ir al monte. Si podía, él prefería estar bajo el cielo que en cualquier interior. Eso me dijo. Y no sé por qué, pero le contesté que sí.

Ni siquiera había pensado que podía volver a estar con un hombre, como si esa parte de mi vida hubiera quedado dinamitada contigo. Pero la realidad es que yo no tenía ni treinta años.

Sebas apareció y me acompañaba a casa y me miraba con esa cara de te quiero arrancar lo que llevas, pero buenas tardes, buenas noches, descansa mucho, Adriana. Sucio caballero tiznado de hollín toda la semana, impoluto el domingo. Y yo no olía más que la colonia fría del pecho bajo la camisa, el pelo de la barba pegando contra los cuellos, no veía más que esas dos manos que cambiaban de sitio toneladas de piezas y que después venían hasta mí.

Regresé a mi cuerpo. Me sentía, de una manera muy primitiva y correcta a la vez, a salvo con él. Eso a mí me reventaba. Me reencontraba con algo heredado que yo había perdido y no sabía manejarlo. Me gustaban los enfados irracionales que tenía y que yo tomaba a broma. Me consentía una pequeña excitación por cada vez que nos levantábamos la voz. Y después me sentía culpable. Y, cuanto más tiempo pasaba con él, más difícil era recordar otra cara, otra voz, otra consistencia, como si ningún hombre anterior hubiera pasado nunca por mí. Y, poco a poco, dejé de pensar en tu padre.

Sebas era el exacto reverso de tu padre.

Alguna tarde, fuimos a pasear contigo por el pueblo viejo. Y te cogía de la mano y te señalaba las cosas y te contaba historias. Y yo miraba la estampa como una traición absurda. Como si yo fuera la hija fallida de un territorio que se iba con quien no debía. ¿Era eso la felicidad? Entre los dos, entre él y yo, había un nudo físico y tan tradicional, tan del lado de las cosas como tienen que ser, que no pude darme cuenta de que no teníamos nada que ver. A Sebas lo mandaron a otra fábrica y lo eché de menos en algún momento, pero no volvimos a vernos de cerca. Él se plantó un par de veces en frente de casa de los abuelos, pero yo no bajé. Cuando cerraron la fábrica, volví a quedarme en la calle. Nos echaron y de nada sirvió que los hombres se ataran a las máquinas aquella noche de abril. De nada el sindicato de mujeres que habíamos formado. El edificio se fue vaciando hasta convertirse en el museo fantasma de toda una época. Y ahí tienes su resto, aún en pie, como un estandarte quemado por el sol. Esa misma noche, cuando ya estábamos todos fuera, sin trabajo, los abuelos me sentaron en la mesa de la cocina y me obligaron a prometerles que volvería a la universidad. Y cumplí.

Tú tenías diez años.

Aquella tarde en que tú regresaste de la calle sucia y feliz, tan niña, tan divertida y segura, aunque no le viste, Sebas estaba apostado en el muro del edificio de enfrente, esperándome. Yo me había arreglado y estaba dispuesta a hablar con él sin saber muy bien qué tenía que decirle cuando tú llamaste al telefonillo. Y me quedé a bañarte, a peinarte el pelo, a ponerte el pijama y darte de cenar esos pescados anaranjados que todavía yo revisaba a pellizcos con las yemas de los dedos en busca de espinas antes de ponértelos dentro de la boca.

No sé si llegué a estar triste aquella tarde, probablemente sí. También los días que llegaron después. Y algo notaste, algo que estaba allí, siempre al lado de nosotras dos, enredado en tu ropa tirada en el baño húmedo, en la espina dorsal arrancada del pescado azul y en sus bocas abiertas sobre el plato. Me miraste con esos dos ojos mar, ojos fijos, y dijiste: ¿Quién es papá? Y te digo que tu voz era muy verdadera y que tú nunca hacías muchas preguntas. Estabas sentada ahí mismo, donde estás ahora, más de treinta años después, mirando la bahía mientras yo recuerdo todo esto.

Me gustaría tocarle la cabeza, lavar su pelo con aquel champú otra vez.

Decirle: No más lágrimas.

7

CABEZAS RAPADAS

(Ruth)

No quiero otro café. Solo un vaso de agua. Déjalo ahí, que yo lo alcance. Esto es lo que pasó hasta que nos marchamos. Dormíamos todos juntos. Dormíamos en el suelo. Las ventanas estaban tapiadas con maderas. En un golpe de viento en verano, se rompieron los cristales. Mamá se cortó retirando los restos. Con un calcetín y un trozo de madera se hizo un torniquete. Y apretó los dientes. Así era ella. Vivíamos en un piso que nos dejó el Gobierno a varias familias de nuestro pueblo. Al padre de una de las familias le había rebotado metralla en la frente. Cuando se curó, quedó un orificio limpio y profundo. Nada, nada, no os preocupéis, nos decía, es una flecha que me tiraron los sioux cuando estuve en el Oeste. No es nada más que una herida de guerra.

Y tanto que lo era. Matías siempre quería tocarla. Y cuando alzaba su mano hasta la cabeza del hombre, el hombre, que estaba callado, rompía a ladrar y le enseñaba los dientes y el niño salía corriendo hasta nosotras, que nos moríamos de risa. Porque todavía nos reíamos.

La humedad se metía por aquella ventana. Se metía el frío. Se metía la ciudad y el olor a brea, a marea baja y a café también. Todo el edificio estaba habitado por familias refugiadas de la barrida del litoral. Era un piso de planta cuadrada, con un corredor ancho que daba la vuelta completamente a la casa. Tendría unas ocho o nueve habitaciones, y en cada una vivíamos un par de familias: hombres, mujeres y niños. En el centro, una cocina con pequeños azulejos de un verde insípido como de quirófano, con una mesa de madera oscura en el centro. Cada tantos días, se desprendían unas cuantas baldosas en mitad de la noche y salíamos al pasillo con los ojos como búhos. Amelia empezó a decir que eran los fantasmas de los que se habían muerto en esa casa. Luego, nos acostumbramos a los ruidos. Y después de luego, a los muertos. Sobre la cocina de hierro quemábamos cosas para calentarnos. Muchos muebles ardieron, y ropa y cartones y las ramas bajas de los árboles de la ciudad.

Cuánto frío pasamos.

Por las noches, atravesábamos un jergón y mamá estiraba los brazos y poníamos nuestras cabezas. Yo sentía el corazón de mi madre debajo mi oído, con su arritmia de dos latidos cortos y uno largo, dos latidos cortos y uno largo, los jugos gástricos arañando sus tripas vacías, las pelusas de la lana de su chaqueta pegadas a mis babas y mi respiración sobre el pelo fino de Matías. Recuerdo todavía el tacto de la ropa de mi madre, el enredo de los botones de la pechera con mi pelo. Cuando pienso en ella entonces, es una silueta negra y veloz que dispone todo a nuestro alrededor para que no sintamos lo que pasa fuera. Mi madre era menuda, pero guapa. Pero una era la mujer que dejamos en el puerto cuando nos marchamos y otra la de después. La boca se le cayó hacia abajo. Se le dibujaron arrugas profundas en el entrecejo y dos bolsas negras debajo de la mirada.

Era ella y no era. El rictus de la amargura.

No te creas que yo fui siempre buena con ella.

No.

Yo nunca he vuelto a pasar tanta hambre como aquel año, ni siquiera después. Nunca, Adirane. El hambre es como una garra que te retuerce las tripas desde dentro y después te retuerce lo que piensas hasta que no piensas en nada más que en comer. Y luego se expande como un veneno por todo el cuerpo.

Miga de pan era todo en lo que yo pensaba. Yo quería pan. Pan. Pan. Pan. Del blanco. Y grasa. Te juro que lo único que quería era meter los dientes en la carne blanca del tocino aquel que le enviaban todos los años a mi madre después de las matanzas. Que se me pegara debajo de la lengua, al pasar por la garganta y en las encías. Así que jugábamos a hacer que comíamos. A llevarnos cucharadas de aire a la boca. Inventábamos la carta de un restaurante. Alubias con chorizo para Matías.

El hambre era también una enfermedad mental. Mamá se preocupó porque Amelia estaba en los huesos y le compró aceite de hígado de bacalao. Como apenas nos cambiábamos de ropa, hacía meses que no la veía desnuda. Un día, la sisa de la camisa se le quedó holgada y mamá se dio cuenta de que se le marcaba la caja torácica al respirar. Otro día, se agachó a recoger algo del suelo y le vio los isquiones como dos pinchos por debajo de la tela de la falda. Amelia vomitaba solo con ver el frasco, así que era peor el remedio. Mi madre salió de casa un día y volvió sin su anillo de casada. Trajo dos boniatos largos y garbanzos rancios. Unas tajadas de bacalao y como dos centímetros de carne de membrillo.

Tres estómagos y el suyo cuatro, no duró ni tres días.

En aquel invierno, y dentro de esa casa, se murió un niño. Enfermó. Y no hubo médicos ni nada que darle para aliviarle el dolor.

Mi hermano tuvo los pulmones enfermos desde que nació. Se le hundía el esternón al respirar. Igual que a mi padre. Así que todo el afán de mi madre era que no sudara, que no se enfriara, que no anduviera nunca descalzo ni tuviera la ropa húmeda. Todos nos quedamos pálidos, anémicos, huesudos y algo retrasados. No lo digo por decir, aquel año en la ciudad se nos olvidó lo que habíamos ido aprendiendo en la escuela. La guerra no solo trae muerte. Después viene el hambre y después de lo que venga, hay que aguantar.

Y también llegaron los piojos. Que los teníamos casi siempre. Mi madre había llamado a su hermana para que trajera a sus hijos y los alistara con nosotras. Pero bombardearon el tren y tuvieron que saltar de los vagones a mitad del camino. Después contaron que fueron a caer en unas zarzas. Que un chico se quedó enredado en las espinas. Que pasó otro avión. Que no pudieron sacarle de allí. Y que el chico murió boca arriba, ametrallado, delante de sus padres. Lo reventaron.

En abril del año en que nos marchamos, fue lo de Guernica. Que los aviones habían arrasado Guernica. Que ya venían. Que eran alemanes. Que se iba a poner todo peor. Yo pensaba que ya nada podía ponerse peor.

Pero ya ves.

Siempre queda margen.

Por eso, mejor no me quejo.

Contaban que primero tiraban unas bombas para alarmar a la gente y que después esperaban. Que aguardaban a que alguno se precipitase a la calle, algún impaciente que pensara que esa calma tensa que sigue a un bombardeo era definitiva. Y entonces lo acribillaban. Ya sabes esto porque te han contado mil veces cómo fue aquello.

Nada parecía más terrible que aquel mes de junio.

Hay que sacar a los niños ya, dijo el padre de la otra familia, va a salir el último vapor. Están llegando.

Los aviones volaban sobre el horizonte cada vez más bajo, con sus barrigas negras abiertas. Aquella noche destrozaron el cinturón de defensa que las mujeres y los hijos de los milicianos habían construido alrededor de la ciudad.

Lo peor de todo es que una se acostumbra a estar en guerra. Te acostumbras a todo. Me acuerdo de que, de pronto, se abría una ventana y ta ta ta, disparaban a los aviones. Al principio, corríamos a meternos debajo de las mesas. Después, aprendimos que podíamos jugar y a la vez sentir aquel estrépito que estaba matando unos kilómetros más allá.

El Gobierno quería vaciar la ciudad.

El día de mi cumpleaños, mamá nos dijo: Hoy. Me cogió a mí de la mano, porque yo no era como la tía Amelia, que era tranquila, yo tenía nervio. Pues me cogió con una mano a mí y con otra a Matías. Los cuatro fuimos corriendo hasta la estación. A Matías le dio un ataque de tos y mamá tuvo que parar y quedarse con él. A mi madre le decían: Lo que tenía el padre se llevará al hijo. Pero mi madre no hacía caso, porque al final mi padre había desaparecido con la guerra, no lo había matado otra cosa.

Mi madre nos dijo, tenéis que iros solas, el niño no puede correr, ni miréis atrás ni miréis arriba ni miréis más que al suelo. Costaba respirar, caía una lluvia de piedras. Mi hato no pesaba nada. Pero el de Amelia sí, porque era la mayor y mi madre le había metido las cosas del viaje y le había metido papel, lápices y sellos. Mamá se chupó un dedo y me limpió las comisuras de la boca. No vayas sucia, Ruth. Me tenéis que escribir, Amelia, cuéntame adónde os llevan. Y dime siempre cómo está esta. Mi madre abrazó a mi hermana con fuerza. Ojalá te den de comer mejor que aquí, hija. Ahí llevas todo también para ella. Y como vuelvas sin la niña, te mato.

Eso le dijo.

Después de la amenaza, le sonrió, le quitó las lágrimas que le caían por la cara y contuvo la respiración.

Mi hermana Amelia tenía solo doce años.

Mi madre miró al cielo. Algo rezaría. Seguro que algo pidió mirando a ese cielo lleno de humo, seguro que maldijo a mi padre, que maldijo a los hombres que nos habían llevado hasta ahí.

Todo el camino desde la estación hasta el puerto era una bandada de cuervos madre arrastrando a sus pequeñas crías.

Piénsalo, piensa bien lo que es poner un niño en un barco ahora que no se les pierde nunca de vista. Decirles a tus niñas que no pasa nada, estaréis bien, nosotros estaremos bien. Mentirles en la cara, decir: Volveremos a vernos, volveremos a estar todos juntos. Y ahora suéltales la mano. Suéltate de su carne y cambia la mirada. Sonríeles. Ve alejarse el cuerpo de todas tus hijas niñas. Niñas asustadas en un barco que una no sabe ni adónde va ni hasta cuándo va y decirles: Nada va a pasaros. Nada va a pasarme a mí. Y decir adiós. Abrazar al pequeño muy cerca, porque el pequeño se queda, porque una madre no puede quedarse completamente sola. Pero soltar las otras manos. Soltarlo todo. Despedirse.

En una cartulina blanca escribieron nuestro nombre, el lugar de nacimiento, los nombres de nuestros padres y la edad y nos la prendieron en el pecho. Nada más subir al barco, el Habana, un trasatlántico enorme de carga y viajeros que hacía la ruta a México, Cuba y Nueva York, después de los pañuelos blancos y los gritos desgarrados de aquellas mujeres y después de que obligaran a todas aquellas madres vestidas de negro de la cabeza a los pies a alejarse del muelle de piedra, nos inspeccionaron. Metían los dedos debajo de nuestro pelo y nos ponían al sol. Antes de zarpar, raparon a casi todos los niños. Mi hermana no me soltaba. Estas dos no tienen piojos, dijo la mujer. Nos bajaron a un camarote con otras chicas. En cuanto vimos aquellos catres, nos echamos encima unas de otras. Al menos, después de un año, íbamos a dormir por fin sobre algo.

El barco zarpó al atardecer. Nuestra ventana no daba al pueblo. Apenas se veía la salida al mar después de unos acantilados pálidos cortados como a hachazos. Nos movíamos muy lentamente. Amelia estaba pegada a la ventana, silenciosa y ensimismada. Ahí viene otra vez el buque de la guerra, dijo. Otra muchacha la empujó: No puede ser.

Pero así era.

Imagínate.

Aquella bestia se cruzó delante de nuestro barco para frenarnos y enfiló sus ocho cañones. Temblábamos. Nosotros frenamos también y pasaron algunos minutos en los que yo pensé que ya no íbamos a llegar más lejos. Por todos los altavoces sonó la voz del capitán: Todos los niños a cubierta, rápido, todos los niños a cubierta. La puerta del camarote se abrió y una mujer, vamos, niñas, vamos, a cubierta, nos indicó que corriésemos por el pasillo largo.

Los aviones empezaron a volar cada vez más cerca. Los niños estábamos gritando, con los oídos tapados. En esa cubierta no cabía un niño más.

Los aviones pasaban con las tripas abiertas. Preparados para soltar la munición sobre nosotros. Entonces, el capitán gritó por la megafonía: Esto es un barco de niños, gritó no disparen, gritó por favor, solo llevamos niños, y el buque entendió que éramos refugiados y giró los manteletes de los cañones y, al final, nos dio paso. Las profesoras que nos acompañaban se pusieron a llorar abrazadas. Tendrían, como mucho, veinte años.

Felicidades, me dijo entonces Amelia, y me besó en el pelo.

¿Por qué?, le dije.

Porque sigue siendo tu cumpleaños.

Todos aquellos niños, aquellas miserables cabezas rapadas, mandamos besos a los aviones del enemigo y al buque. Niños esqueleto diciendo adiós a los ejércitos negros de la guerra. Niños llorando y riendo a la vez. Y así fue todo el tiempo. Aquella noche nos dieron un pan y nos volvieron a meter en los camarotes y mi hermana empezó a ponerse enferma.

Dos días después, con Amelia blanca por el movimiento del barco y todavía más esqueleto, no paraba de vomitar en un cubo de latón, llegamos a un puerto pequeño, en una ría de Francia. Y el barco paró. Nada más bajar, ras, ras, ras, nos metieron tres vacunas en el brazo a cada uno. Y nos llevaron en fila a un edificio enorme. Cada una cargando con su hato.

Yo tuve pesadillas todo el tiempo que estuvimos allí, soñaba con imágenes sueltas: la aguja de la vacuna y el remache del barco. Los aviones y todas aquellas cabezas de niño. El vómito de mi hermana y el vapor de las chimeneas. El muelle con todas aquellas madres vestidas de negro.

Soñaba con un mar lleno de huesos de niños. Millones de huesos llevados hasta la orilla por las olas del mar. De tu mar, el mismo.

8

ORDINARY STORY

(Adirane)

¿Has pensado en lo que significa saber todo lo que va a pasarnos? Creo que podría decirte qué haremos en los próximos años sin equivocarme.

Pero no lo sabemos, responde Iván. Ojalá.

¿Ojalá?

Tomaron la autopista desde Madrid. Pararon a comer cordero. Después, la pesadez en los estómagos. Pararon a tomar café. Pararon también a fumar y a comprar botellas de agua. Bajo la uralita del aparcamiento de un área de servicio, se buscaron con las manos ya con el coche en marcha. Empezaron a tocarse. Se besaron. Una furgoneta aparcó junto a ellos. Cuando miraron, al otro lado de la ventanilla, un niño chupaba un helado y les observaba. Le sonrieron y salieron marcha atrás.

No había prisa.

Bordearon la ciudad como si ella nunca la hubiera pisado. Vio pasar los desvíos hacia el barrio, la cercanía de lo intocable, el hundimiento de la tierra verde que señala la ría. Salieron del país por el valle. Habían tardado ocho horas en llegar a la frontera. Él estaba contento. Ella se perdía por la ventana. No tenían ruta. Solo iban a trepar por la costa de Francia. ¿Cómo has vivido tantos años aquí y no has hecho ni una excursión? Pues ya ves, ¿no te digo que atrapa?

Volvió a pensar que era decepcionante que no hubiera un cambio radical en el paisaje cuando dejabas atrás un país. Él, que era peligroso que ella llevara los pies descalzos sobre el salpicadero.

Pararon en Bidart. El pueblo era bonito, pero se acababa enseguida. Solo quedaba un alojamiento disponible en una casa de dos plantas con jardín donde alquilaban una habitación. La cama ocupaba casi todo el cuarto. El cabecero de níquel, caído hacia delante. El tejido sintético de la colcha era áspero. La sábana transparentaba las manchas del colchón. Tenía las contraventanas pintadas de rosa, exactamente del mismo color que las flores de los arbustos que adornaban toda la barda de la entrada. La casa olía a legumbre demasiado hervida, a vinagre, a sofrito de cebollas. Apenas habían hablado nada con la dueña. No había sido amable. Un intercambio: aquí las llaves, aquí el dinero. Se quedaron dormidos enseguida; él, todavía vestido. Ella se despertó a medianoche y abrió la ventana. Se presentía el mar a pocos metros. Un perro olisqueaba las bolsas de basura. Un hombre volvía dando tumbos a la casa de enfrente. La contraventana de la habitación pegó un portazo delante de su cara.

A la mañana siguiente, todo estaba cerrado y no pudieron desayunar. Se dio cuenta de que no conseguía hablar en francés. El idioma se había llenado de huecos. Empezaron a subir por la costa. Conducía ella. Él se estaba dejando crecer la barba y el sol ya le había dorado los antebrazos. ¿Le consintió Iván poner alguno de sus discos en aquel viaje? Anathema, tal vez. Es que no es agradable. Gritan. No me gusta que me griten. Pero si no te gritan a ti. Y, además, por qué piensas que a mí tu música sí me resulta agradable, le respondía ella. No me negarás que es más amable, que le gusta a más gente. Bueno, pues a mí no. Y aquí somos dos. No entiendo que una persona como tú escuche esa música. ¿Qué quieres decir con una persona como yo?

Querían comer en la costa, cerca del mar, querían vino blanco muy frío, querían mantel de cuadros, pero todo estaba lleno. Acceder a las playas era imposible. Compraron dos sándwiches envasados y se los comieron sentados en un puerto. Llamaron a todos los hoteles. No había habitaciones. Ni en San Juan de Luz, ni en Biarritz, ni en Baiona. Estuvieron cerca de dos horas en un atasco por las afueras de las ciudades. Las familias hacían cola para entrar a los almacenes de bricolaje, de jardinería, a las tiendas de muebles. Los turistas enfilaban los descensos a la playa. Todo era un caos de coches en movimiento bajo el sol de mediodía.

No les quedó más remedio que meterse hacia el interior. El mundo organizado, ese mundo que ella rechazaba, el que había programado sus vacaciones, disfrutaría sin ellos de la costa y de los restaurantes, dormiría la siesta de agosto en pequeños hoteles junto al mar. Ellos, no.

Llegaron a un pequeño pueblo que se estiraba a los lados de una carretera secundaria. Ella vio una pensión. Compartía la entrada con un restaurante y se subía hasta las habitaciones por una escalera estrecha pegada a la pared. El dueño les dio la llave. No hubo registro. Por la noche, cenaron un estofado de carne endurecida en una pequeña plaza. Cuando volvieron, querían beber algo más. El hombre se extrañó de que quisieran algo más fuerte que vino. Tengo un coñac de mi viaje de novios a Nantes, les dijo. Les pareció bien. Cogió una escalera corta y bajó una botella de una balda. Se la dio a su mujer, que le pasó un paño por el cristal, le quitó el polvo. Les sirvió en dos pequeños vasos estrechos de cristal labrado. El alcohol estaba espeso y sabía muy dulce. El matrimonio se sentó con ellos. Iván estaba cada vez más hablador. Ella cada vez traducía peor. Había algo que descolocaba la escena, algo que penetraba insumiso en la situación, como si ese hostal se hubiera quedado detenido en el tiempo en que compraron aquella botella y ellos fueran los primeros turistas en llegar a una ciudad cuyas fronteras hubieran estado cerradas. Algo se torció.

Subieron a la habitación borrachos. Una ventana con tejado daba a la parte de atrás. Al otro lado, las ramas de los árboles enmarañados. Ella se sentó en el alféizar. Él entró al baño. Tardó en salir. Se acercó y le abrió las piernas. Le subió la falda negra hasta la cintura. Ella le puso los brazos sobre los hombros. Los movimientos eran lentos, les costaba acercarse y también alejarse. Como si el coñac estuviera cristalizando su azúcar en una cuenta atrás que no podían detener: les faltó ímpetu, se desinflaron. Él dijo lo siento, dijo estoy muy borracho, nos han envenenado ese par de viejos. Ella dijo no pasa nada, vamos a dormir. El peso desplomado del brazo de él no dejó que cerrara los ojos.

A la mañana siguiente, desayunaron con resaca, tostadas, café y agua en la misma mesa de la noche y se marcharon. Cuando iban a salir, reventó una tormenta. La lluvia constante de Aquitania les caló la ropa y las bolsas de viaje. Ella se resbaló en un charco y se empapó, se hizo daño. Él cargó los dos equipajes hasta el coche. Las aventuras no tienen nada que ver con no tener ni idea de lo que viene después, le dijo él. Sacaron parte de la ropa mojada de los macutos y la extendieron por el coche. A unos kilómetros, vio un cartel que decía Macau. ¿De qué le sonaba ese nombre? Nadie habló aquella mañana hasta que llegaron a Burdeos. No volvieron a verse desnudos en todo el viaje. No recuerda exactamente si aquella noche fue la primera vez que sintió ese vacío, todavía tierno, debajo de los millones de segundos que ya formaban su vida con él.

De vuelta a Madrid, nadie puso música.

Piensa ahora en aquel viaje de hace unos años porque vuelve a sentir otra vez ese desplazamiento casi imperceptible de lo que no funciona y porque la lluvia, sobre las rodillas, ha empezado a calar el pantalón vaquero. La tela se pega al muslo como una lámina de frío. Los zapatos se embarran y la suela se vuelve resbaladiza. Semáforo rojo. Una mujer bajo un paraguas parece reconocerla y le hace un gesto con la cabeza que no es ni una sonrisa ni un saludo y que ella no devuelve porque lleva diez años fuera y es prácticamente imposible volver a ordenar ese caos de facciones y nombres. La hija de Adriana. La nieta de Ruth. El pueblo es una fotografía borrosa y el movimiento de esa mujer junto a ella es el único signo de vida. Mira de frente e ignora el saludo. No recuerda casi a nadie. Como si hubieran ido desapareciendo todos y ella no hubiera estado atenta a la desbandada. Allí ya no queda casi ninguno de sus amigos. Solo algunos compañeros del colegio con los que no tiene nada que ver y que se empeñan sin éxito en organizar un encuentro. Y Jon, que se resiste a dejar ese pueblo para buscarse cualquier otro rincón desde el que salvar algo con cansancio. Todos se han ido a la ciudad o se han marchado más lejos.

El hierro cansa, piensa, el hierro y lo demás, y se pasa la mano por la cabeza intentando aplastarse el pelo encrespado por la lluvia.

La acera por la que camina paralela a las vías del tren le trae otra foto: Iván, la pequeña Ruth y ella sentados en un banco sobre las pasarelas que cruzan las llegadas y partidas de los cercanías y metros de Madrid. La pantalla de los destinos: Ávila, Guadalajara, Alcalá de Henares. Una voz de mujer en repetición advierte a los viajeros para que no tropiecen entre coche y andén. Cambios de vía en el último minuto. Toda esa corriente de gente luchando por llegar a su vagón. Quiero un helado. Hace frío. Esperamos otro tren y nos vamos. *Ama, quiero ama.* Y los brazos alzados hacia su cuello. Hasta donde están sentados llega el olor del grano de café de la molienda de los bares de la estación, de la masa del gofre tomando su forma de agujeros sobre las planchas, del aceite que lubrica los engranajes entre vagón y vagón. La náusea contenida de las estaciones.

Humanos en espantada, abrigos guateados, bota de polipiel con el tacón en proceso de aplastamiento rumbo a las inmensas afueras de la ciudad. Adiós al corazón del centro. Asentamientos dormitorio, como su casa, construidos en los años cincuenta, paredes de papel-ladrillo que tiemblan con el paso del autobús, rehabitadas por una nueva generación de padres y madres nuevamente empobrecidos, pisos de cara lavada con diseños nórdicos de cartón piedra en edificios sin peso. Ahí viven, lejos de sus trabajos, lejos de los comercios. Nada que ver con ese pálpito de plaza, casi herido y siempre muerto de miedo, de su pueblo encorsetado entre la montaña y el mar.

En las primeras mañanas de frío cuando nació la niña, miraba siempre el mismo recorte de cielo de la ventana mientras le daba de mamar. Después, una angustia inexplicable cuando acababa, algo físico, una inutilidad de las manos, mientras ponía el cuerpo pequeño sobre su hombro y le daba palmadas suaves en la espalda. Buscaba en internet para ponerle nombre a la sensación y no encontraba nada. ¿Era la única mujer que sentía eso? Miraba la plazoleta de arena al otro lado de los barrotes verdes, espacio vacío en medio de la barriada levantada detrás como un puzle de tejados y patios, hileras de macetas y muros, como si alguna vez hubiera caído en ese centro de las afueras algo destructor y nadie se hubiera atrevido a construir encima.

Echaba de menos el mar, ver la ciudad desde dentro del mar, con los oídos metidos en el agua formando un eco sordo de todos los ruidos. Una ciudad que también tenía encapuchados, guardias, fuego, cuerpos tirados sobre la acera, vista por una niña que flota en la playa. No quiero hablar de eso, no quiero saber más de eso, decía a sus amigas cuando comentaban las noticias. Y detrás el monte húmedo como un paréntesis.

Pero más allá de su ventana, la vida seguía su pulso en las afueras de Madrid, una vieja galería de alimentación con las puertas tapiadas, locales cerrados para siempre donde todavía se leen los nombres de algunos comercios. Pescadería, bodega, aunque falta la *e*, lechería, zapatería Santiago. Nos vendría tan bien, pensaba, tener a mano cualquier cosa, un hombre o una mujer detrás de cada mostrador. Que te sirvan los encurtidos con un colador y algo de falso cariño en un cartón con forma de cucurucho mientras la boca se hace agua. Hablar un rato con la camaradería de los expulsados. Compartir un poco de harina. Decir tengo al grande con fiebre, me voy ya. Voy a recoger el arreglo de un vestido.

Se había alejado un tiempo de los trabajos esporádicos y de sus propios proyectos para cuidar a la niña y echaba de menos hasta los plazos de entrega. Por las noches, él volvía cansado, tiraba la mochila en un rincón del pasillo y extendía los brazos abriendo y cerrando las palmas de las manos para que ella le diera el relevo. Sal, ve de paseo, cómprate un libro, busca a tus amigas. Pero ella no se iba. Se limitaba a sentarse junto a ellos con el ordenador abierto sobre las piernas. Y entonces, no había nada que contar. Ni a ellos ni a nadie. Echaba el termómetro a la bañera, treinta y seis grados, cocía verduras al dente para que no perdieran sus propiedades, pelaba mandarinas hasta dejarlas en pequeños pellizcos de pulpa brillante, calentaba la leche cuarenta y cinco segundos exactos.

Los miraba.

Aquellos días, también pensaba muchas veces en otras mujeres anteriores que pudieron habitar esa casa, cuidando de tres o cuatro niños, el salón iluminado por lámparas de techo con tulipas de cristal compradas todas en la misma tienda de muebles de la esquina, globos de papel con arcoíris en los cuartos de los críos, el telediario temprano con su reloj en la esquina de la pantalla, otro atentado, García Márquez, Nobel de Literatura. La cena preparada porque el hombre llega y se sienta en el sofá de escay rojo, remendado en las esquinas con más plástico. Y después el calor seco, como un corte de cuchillo, del centro de la meseta durante los veranos.

Los niños haciendo cola en el puesto de helados. La chancla que rompe la suela desgastada contra el asfalto. Mujeres que hablaban de balcón a balcón con las vecinas mientras tienden la ropa muy dilatadamente, la ropa interior y la ropa blanca de las camas de uno treinta y cinco perfectamente organizadas sobre la cuerda, los pantalones con rodilleras para extender su vida, y se les pegan las patatas del guiso a su espalda. Mientras envejecen prematuramente cosiendo, lavando, vendiendo.

Aquella tarde en la estación, la niña señalaba las máquinas: un tren, otro, otro, otro, como una letanía infinita. Qué quieres ser de mayor. Mamá. Digo que qué quieres ser de mayor. *Ama*. No importa. Ellos dos, a veces, se besaban como un trámite para la estampa, constatación del amor en el cuadro de la familia de tres, o juntaban las bocas fruncidas y rápidas, un roce de los labios, la aspereza sobre la cabeza pequeña de rizos claros que seguía gritando a las locomotoras. Ella miraba el horizonte de las vías por encima de los hombros de él. Esa tarde de sábado regresaron a casa sin hablar de nada más, la niña se durmió en sus brazos con el traqueteo de la máquina, fuera quedó el frío de la tarde de enero.

Dentro de la casa, ponerle el pijama, sujetarle un biberón en las manos, oír cómo absorbe hasta el burbujeo final, cuando cae vencida y ella la arropa y le da un beso, ve una película de los años cincuenta, un festival de cortos dirigidos por mujeres, y se queda dormida antes de tiempo en la larga noche del invierno con el mando de la televisión cogido sin fuerza en una mano.

Vuelve en sí al paso de una locomotora que pita a su llegada a la estación y saca el teléfono y busca el reproductor de música. Necesita un sonido que la devuelva a esta tarde. Abre una carpeta donde hace un tiempo agrupó todas las canciones de entonces. Se pone los auriculares. Con los primeros acordes, no reconoce, porque no está escuchando, cuál es la canción que arranca: *Ezagutu zenuen sumendia, etengabe su jauzian, itzaltzen doa orain.* El cielo ha ido despejándose y ahora el sol le molesta en los ojos claros. Buscando oscuridad por las calles del centro, se da cuenta de que se ha acercado hasta el portal de Jon, junto al puente del tren, y pulsa el telefonillo. El hueco por donde pasan las vías le permite ver el lateral de la casa, las medianas y los forjados, y se los imagina como personajes de un videojuego habitando la vivienda, atendiendo cada uno a su papel.

No se engaña, no hay improvisación en su llamada al timbre. Se empeña en poner un punto y seguido a la nada. No está muy segura de por qué no le ha enviado un mensaje antes, un preaviso. Así él podría haberle dicho que no y no se sentiría aún más desubicada. Dime que no puedes y lo entiendo, porque es jueves, porque has traído trabajo a casa y está esparcido sobre la mesa, porque hay un partido de fútbol en la televisión o porque has subido con unos amigos a recolectar manzanas al caserío. Pero Jon, en vez de responder, se asoma a la ventana y Nora mueve el brazo detrás de él de forma exagerada, Adi, qué tal. Se alegra de verla. Bien, ¿y tú? Se da cuenta de que está gritando demasiado, de que algo impide la comunicación, y se arranca los auriculares de los oídos. *Gather the faithful and propose a toast to the epoch of indifference.* Suena «Ordinary Story» justo ahora, de In Flames, uno de los tantos grupos que compartían antes de que la banda también se echara a perder. Suerte para ella que no se oye nada fuera.

Sube, le dice Nora, te invitamos a una cerveza. Demasiada naturalidad. No te preocupes, quería pasear, necesito aire, hace mucho que no camino por aquí. Pero otro día, seguro. De ninguna manera va a subir. Al minuto, se abre el portal y da un golpe detrás de Jon mientras sale subiéndose la cremallera del abrigo por encima de la nariz. Si tienes que estar, si tienes que quedarte por lo que sea, lo entiendo, le dice. Entonces, él le pone las manos sobre los hombros y la gira enfilando la calle y echan a andar muy juntos.

¿Has empezado a trabajar en eso?

Sí, ya la estoy grabando. Tiene algunos recuerdos muy nítidos sobre todo aquello y, sin embargo, a veces me cambia el nombre por el de su hermana. O se me echa a llorar. O a reír. Y tengo que dejar de grabar. Hay tanto que contar en esa sola casa, que no sé si seré capaz de sujetarlo. Porque luego, que todavía con eso no ha empezado, está lo de la casa de la madrina. Es difícil. Quiero decir, yo te digo a ti que pasó esto y después esto y después lo otro y tú me crees y no cuestionas que eso es así. Pero cuando lo lees o al verlo en una pantalla, no soportamos las contradicciones que tiene la vida, sus sobresaltos, la mezcla de lo que no es extraordinario y lo que sí, los pasos precipitados de la felicidad a la tristeza sin explicaciones y vuelta. Como si no cupiese que sintamos a la vez una cosa y la contraria. Como si para tragárnoslo tuviéramos que limar más que bien todos los engranajes. No sobresaltar al espectador con bruscos giros de guion. No demasiada violencia, no demasiada tristeza. Siempre somos más exigentes con las ficciones que con la vida real.

Jon se ríe y ella no entiende bien de qué. Y luego intenta darle una réplica que le suena desinflada. Lo intenta con esfuerzo y ella lo aprecia, pero no alcanza. Cuando sonríe, parte su gesto una cicatriz sobre el pómulo.

Pregúntale a tu madre si lo que cuenta Ruth es verdad.

Pero ella no consigue despegar su mirada del suelo, lleva las punteras muy húmedas. Han dado toda la vuelta al pueblo de este lado de la bahía. Han caminado entre los almacenes del puerto: *Zamaketariak Aurrera!*, escrito sobre otra pintada cubierta de blanco con brochazos leves donde todavía se lee ETA. Hay una tela blanca prendida sobre las vallas del puerto. La cara de Salvador Allende es golpeada por el viento: 11 de septiembre de 1973. Hay fuegos controlados dentro de las naves. La estiba no se vende, se defiende.

Ah, ya. ¿Seguís sin hablaros? No puede ser, Adi, tienes que acabar con eso, es tu madre.

No sé. Si me hubiera dado un abrazo al llegar, pues no lo sé. Pero ni siquiera me esperó para verme. No voy a mentirte, me esperaba a su manera. O si me hubiera explicado entonces las cosas mejor. O antes de que todo me explotara delante de la cara. No puedo terminar de perdonarla. Porque ese vacío se agranda con el tiempo. Lo sé ahora más que nunca porque tengo una hija. Si se hubiera sentado conmigo y hubiera hablado con claridad, cuando me gritaron en el instituto que yo sí tenía un padre, que había gente que lo había conocido y que podía andar por ahí, en algún país, en el mismo pueblo. Cuando me dijeron que yo era la hija de qué, ¿de un terrorista? Cómo debía explicármelo. Y de cuál. Cuál era su nombre. Cuántos años tenía. ¿De dónde era? ¿Tenía padres? ¿Por qué? ¿Qué estaba haciendo ella cuando necesité pensarlo con profundidad? ¿Dejando en mi mano la decisión de buscarle? ¿Estaba diciéndome con su silencio, con su cobardía, si quieres saber será porque tú lo decidas? Como si ella ya hubiera hecho toda su parte. Qué hacía yo con esa culpa que llevaba encima y que no me correspondía. O si ella hubiera venido a ver a la niña. Un día cualquiera, si yo hubiera abierto la puerta y me la hubiera encontrado una mañana allí. A mi madre. Solo para que dijera: Vengo a ayudarte. No te preocupes de nada. Pensarás que no son razones, pero para mí sí. Tienen que ver con algo profundo sobre mí misma que no me ha dejado avanzar.

¿Te das cuenta de que sois muy parecidas? No puedes ponerlo todo en su tejado y ella en el tuyo. Es tu madre, tiene que pasarlo mal.

Yo también lo he pasado mal. No estoy bien. Cada cosa que hago aquí, pasear por la playa, bordear un parque de niños, entrar en una librería del centro, me lleva a Madrid y me tengo que recordar por qué he venido ahora.

Podemos hablar de eso, si quieres. Quiero saber qué pasa.

No quiero.

Vale.

¿Hay patos aquí?

La vieja regata que discurre por el extremo del pueblo, entre la carretera y los solares de las fábricas, ya no es un riachuelo tóxico. Aquel cauce oscuro donde estaba prohibido jugar es ahora una hilera perfecta de juncos que resguarda a una familia de patos junto a la orilla. Junto a la ribera, un carril para las bicicletas serpentea y varias parejas pasan corriendo sobre sus zapatillas fluorescentes. Más allá, jardines y un aparcamiento lleno que disuade a los coches para que no entren en las calles del pueblo. Ha desaparecido la chimenea de la térmica apuntando al cielo, clavándoles en el mapa, han quitado los depósitos grises de combustible que había junto al matadero de caballos. No parece el mismo lugar, ¿no crees? Pero está mejor así, responde él. ¿Sí? Entonces ella se para en seco. La oficina de la fábrica es un edificio en ruinas. Recuerda el día en que se jubiló su abuelo y apareció con un falso trofeo en casa: al mejor carpintero. Le habían preparado una cena especial. Qué hacéis, mujeres. Pero se abrió un vino y ella le abrazó: A descansar, le dijo su abuela.

Ahora quieren hacer un centro social, le dice él, exposiciones, talleres, pero no sale adelante la propuesta. Tendrían que demolerlo entero, se cae a pedazos.

Desde detrás del edificio, se levanta la montaña. Vamos a rodearlo, le dice. Ella dirige la expedición a la parte trasera con esfuerzo, levantando mucho las rodillas para salvar las hierbas altas, trepando un poco la ladera mojada. La humedad sube ya por las perneras de los pantalones, que se le quedan pegados hasta la ingle. Está incómoda. El remolino del nacimiento del pelo en la frente también se levanta.

Mejor no entramos.

Ella no se atreve a tirarle de la mano y le agarra del puño del abrigo. Le dice: Anda, vamos. Hemos entrado mil veces. Quiero volver a verlo.

La respiración de los dos hace eco dentro de las viejas paredes, en las que alguna vez se fundieron míticos emblemas de la ciudad, la barandilla de la playa, las farolas futuristas del puente. Debajo de sus pisadas crujen cristales rotos, plásticos, bolsas. Una mesa de construcción cubierta de azulejos se mantiene en pie en medio de la sala más grande. Apenas entra luz por las ventanas altas. El ruido de la calle, los acelerones de los coches, los gritos de los niños en el parque llegan embotados. Ella pasa la mano por encima del escombro sin llegar a tocarlo. Él se apoya en la mesa y cruza los brazos sobre el pecho. No puedo creerme que no me digas por qué estás aquí. Ayer estuve pensándolo. Me parece bien que no quieras hablar de ellos, pero, joder, soy yo. No digas ellos. No son ellos. Y sí, justo eres tú, y alinea los pies, las caderas y los hombros frente a él. Él descruza los brazos y se incorpora.

Le gusta cuando él pierde la compostura, como en aquel bar oscuro del centro, donde ignoró a todos los que estaban escuchando y, borracho, le dijo una canallada cuando ella acababa de conocer a Iván. Pero también se acuerda de que, hace un año, él le dijo no vengas, justo cuando ella lo necesitaba. Él evitando un encuentro ya muy fuera de lugar. Un encuentro, una visita con la que ella habría zanjado, al menos, una fracción de su angustia. Con la que habría podido cubrir todo de estanterías llenas de fotos de Jon y de Nora, la maceta que guarda las huellas de la mujer, la ropa de los dos tendida y húmeda al otro lado de la ventana de la cocina. Si él no le hubiera dicho no vengas, ella habría ido a respirar ese otro aire y se habría quitado falsas posibilidades de la cabeza. Habría querido regresar a su casa y seguir adelante.

Y ahora están los dos muy cerca el uno del otro y levantan una tangente de lo que solo era previsible. Sería un buen momento para dar un paso atrás. Respiran. Se forman el uno frente al otro. Parecen decirse ahí estás, se miden. Parecen decirse yo sí te entiendo, yo te conozco, yo también percibo una cuerda que vibra, un epicentro que se tensa, igual que tú.

Pero ninguno de los dos hace ninguna maniobra y no se acercan ni se alejan lo suficiente y nadie echa a perder la postura.

No se rompen. La realidad se vuelve elástica. A ella le parece que hasta le duelen los ojos de mirarle de frente en la penumbra. Es el hambre que trae y es la desolación. Pero se queda muy quieta, no quiere asustarle. Controla cada uno de los pequeños movimientos de su cuerpo. Siente un peso invisible sobre sus hombros que la hunde en la tierra, entre los cristales rotos.

Pero él se acerca un poco y reconoce su olor y se lo dice. A veces, me he girado en plena calle cuando alguna chica pasa y deja ese rastro. Ella no responde. Entonces, quiere que él lo haga todo: la atraiga hacia sí cogiéndola por las solapas del abrigo. Y él lo hace. Que la gire y sea ella quien apoye su espalda en la mesa y que pierda el contacto de los pies con el suelo. Y que siga siendo más alto que ella y que, en ningún caso, baje la cabeza para que ella le alcance. Porque reconocería la piel del pecho alto. Y él no la baja. Ella cierra los dos ojos y aprieta porque no quiere ver lo que va a pasar y se sumerge debajo de su mentón. Entiende los símbolos que preceden al afecto, pero no calcula. Cuando ya no lo espera, y él la tiene algo sostenida con sus brazos, abre la boca, y le da dos besos y la despega de sí de golpe. La deja que apoye los pies completamente y la mira y le pone las manos sobre el pecho, lo encuadra entre sus manos grandes. Ella le abre el chubasquero y también le baja la cremallera del pantalón. Él mete la mano forzando el espacio entre la cinturilla y su tripa mientras siguen con las caras muy juntas, las sienes pegadas. Él tarda muy poco en tirar hacia el suelo de la mano libre de ella, temblando, tarda muy poco en apretar los labios, en volver a abrir la boca para tomar aire, en mirar después hacia arriba y en desplomarse sobre su hombro.

Ella se queda muy quieta, bloqueada y muy triste delante de ese hombre que ahora está callado, que ha perdido todas las tensiones y que tiene los ojos más asustados que ella haya visto en su vida.

Él se aleja un par de pasos hacia atrás. Mientras le mira arreglarse la ropa, no entiende por qué siempre va vestido como para trepar por la pendiente vertical de las montañas y tocar una cumbre. Se retiran los dos. Ella se sacude la suciedad de la mesa. Él le dice perdón, pero le dice también que la culpa no es solo suya, le dice una serie de cosas que no deben decirse. Ella está, en el fondo y en la forma, sola, y él no. Él no lo está. Él tiene a Nora. No pasa nada, le dice. Solo nos hemos acercado, nos hemos dicho que todavía podríamos estar vivos. No ha sido ninguna otra cosa que darnos un poco de calor.

Pero sabe perfectamente que cuando salgan él va a empezar a sentirse culpable, que él querrá decirle también que se calle a cualquier cosa que puedan hablar, que tal vez no quiera volver a verla. Ella será ya una situación incómoda, un peligro, un desvío de la ruta. Por eso lo único que dice es qué puntería venir aquí, justamente aquí, donde siempre. Y ya en la calle, se le acerca mucho y le coge la mano, la mano que se agarró a la otra mano, y ella dice vuelve a casa, dice ya verás, dice está olvidado. Y vuelve a besarle despacio y tibio en la mejilla. Nos vemos pronto. Solo es un poco de cariño. Todo está bien. No pasa nada. Y a ella le quedará de todo aquello el recuerdo suave de una lengua empujando su lengua y consintiendo que las vértebras se inclinen hacia atrás completamente insolventes.

Cuando llega a casa, abre la puerta de abajo con la llave que su madre le dejó hace unos días sobre el taquillón de la entrada. Pero cuando está delante de la puerta del piso decide pulsar el timbre. Es su madre quien está al otro lado. Mira definitivamente su cara, la mira de frente a los ojos. La cara de su madre tiene un cansancio nocturno y gris. ¿Ha menguado su madre en estos años? ¿Qué ha pasado, mamá? ¿Has estado triste alguna vez, alguna vez enferma? Cuántas veces esa mujer le abrió la puerta y sin mediar palabra supo que había llorado, que venía distraída, que estaba mintiendo. *Ama*, le dice. No paro de pensar en la niña. Es como un martillo aquí. Su madre la agarra de la muñeca y la atrae hacia sí. A mitad de la noche, abrirá las sábanas de la cama de su madre y se meterá en ella. Cuéntame algo, le dirá.

9

MARCAS DE NACIMIENTO

(Adriana)

No abrazo su cuerpo aunque sea lo único que quiero hacer. Ella tampoco lo hace. Solo dejamos constancia de que estamos aquí. Tumbada a su lado, miro al techo, no me muevo. Giro la cabeza y a un palmo de la suya, sobre la almohada, aspiro y le huelo la nuca sin llegar a acercarme demasiado. Me disculpo sin pronunciarlo, tengo un perdón atravesado como un nudo, a su espalda, cuando me doy cuenta de que revisa, pasando un dedo por los lomos y alumbrada por la luz de la farola que se cuela en el cuarto, la pila de libros que acumulo en la mesilla.

Miro su marca de nacimiento: un racimo de uvas rojas sobre las últimas vértebras. Cuando era pequeña, las noches en que no podía dormir, me acostaba junto a ella en su cama y metía la nariz en ese espacio templado que es la parte posterior del cuello, el remolino. Me sentía culpable por apropiarme de aquella serenidad infantil para calmar la duermevela. Ese dormir caliente y descubierto, el vientre blando, expuesto, los puños aflojados. Por la mañana, regresaba a mi cama y era ella la que venía y decía que había luz al otro lado de la ventana. ¿Qué hora es, mamá? Las siete y media. ¿Y qué se hace a esa hora? ¿Ya podemos levantarnos? Es de día.

Todavía no. Pero no había vuelta atrás. Babero, leche caliente y sus pies colgando de la trona alta y esa voz titubeante del que señala el primer deslumbramiento del día.

Siento la profundidad de su respiración, me parece que ha conseguido dormirse. Pero entonces dice: Háblame. Cuéntame algo. Por un momento, dudo que me lo pida a mí. Háblame, *ama*, háblame ya. Miro sus omóplatos, qué te digo, pero ella no responde. Quiere dormirse mientras le hablo. Arrullo, zureo, *sehaska-kanta*. No sé qué contarte, *maitea*. A ver.

Esa mancha, la marca de nacimiento de tu nuca, naciste con ella. Cuando te pusieron encima de mí, no es verdad que te contara los dedos de las manos y de los pies como dicen que hacen todas las madres. Yo era tan joven que me bastaba con que respiraras sola. Te miraba día y noche, y entonces, dormida boca abajo, la vi. Te aparté el pelo, naciste con mucho pelo oscuro y largo, y ahí estaba. Pero ¿sabes lo que son esas marcas en realidad? No lo sabes porque, como la tienes en la nuca, no te la ves y no lo piensas. Excesos de sangre. Venas que no. Multiplicaciones capilares. En el hospital me dijeron que era la marca del pico de la cigüeña. Y las llaman también beso de ángel cuando están en la cara. Pero esas se van. La tuya está igual, pero más grande, persiste en tu nuca. Me di cuenta de que cuando llorabas o tenías fiebre la mancha se ponía más roja.

No sé cuál es la distancia real que separa el pasado del presente. ¿Son los años nada más? Esa dimensión artificial con la que contamos estaciones y días. Capaces de encerrar dentro de una cifra lo que nos sucede. Hace cuarenta años. Hace veinte. Hace cinco. Ayer mismo. ¿Es eso? ¿Hemos dejado pasar el tiempo? ¿O la distancia se mide en las cosas que nos han pasado? Una enfermedad que tuerce para siempre la alegría de los indemnes, de los exentos de daño. Un nacimiento, la fotografía del bebé acurrucado en el regazo de la madre que le pone el pecho caliente en la boca sobre las sábanas del hospital. O es, tal vez, lo irreversible, el golpe asestado con más fuerza de lo habitual en la memoria, señalar el camino para la huida constante, sí, o la decisión de seguir adelante con un embarazo. ¿Son irreversibles los disgustos que damos a nuestros padres? Qué es lo que no se puede arreglar. Qué.

En la pared, cuelga torcido un marco que contiene una fotografía de nosotras dos sobre el puente de Rialto. Son nuestras cabezas asomadas a la barandilla. A ella le cubre un ojo un mechón rizado de un naranja recién decolorado. Yo no sonrío. Acabábamos de discutir. Había ido a visitarla a Italia, cuarto curso de carrera, le había llevado un disco que nunca escucharía, si no hay batería, *ama*, un libro que no le interesó, algunas prendas de ropa nuevas. Les había comprado una cafetera en una tienda y había limpiado con empeño la cocina de aquel piso de estudiantes. El agua acumulada en el fondo de aquel vaso de plástico donde tenían los cubiertos como un criadero de bacterias. El horno con queso fundido solidificado durante meses. Ese olor que emana de la podredumbre de las patatas. ¿Por qué te metes donde no te llaman? ¿Por qué tocas? ¿Qué has venido a vigilar? Esta es mi vida.

Le sigo hablando. Los griegos intentaban leer el pasado, el presente y el futuro en las marcas de nacimiento de los bebés. Hasta no hace tanto, se pensó que esas manchas son señales en los reencarnados, cicatrices que aparecen en el cuerpo como marcas de otra vida. Si alguien había muerto violentamente, quedaba una marca grabada en la piel de su cuerpo para la siguiente vida. Si tenían una marca en el cuello, como la tuya, probablemente, habrían sido atacados por la espalda.

Venga, *ama*.

Sí, sí. Lo he leído. No digo que sea, digo que eso se pensaba.

Entonces, atravesando la penumbra de la habitación, siento un pequeño movimiento convulso en su cuerpo, sube los hombros y se lleva una mano a la cara, parece la contención de una risa, ¿se está aguantando?

Adi, le digo, qué pasa.

Eres tan torpe. En serio, después de todo este tiempo, ¿acabas de contarme esta historia de niños que sufrieron y quedaron traumatizados hasta en sus otras vidas? De verdad, *ama*. Justo me hablas de eso. De niños que murieron y que podrían ser yo porque también tengo esa mancha, dice.

Y se ríe más.

Y yo también me río.

Luego viene un silencio muy denso. Y: Tu padre también tenía esa marca, le digo.

Pero Adi no dice nada más.

La dejo sola porque la abuela se remueve en el otro extremo del pasillo. Me levanto y enciendo la luz de su habitación. Está intentando quitarse el pijama. Tiene los dos brazos dentro de la parte de arriba y las mangas vacías. Me dice que la libere, que no quiere estar ahí.

Una mancha de pis se extiende sobre las sábanas.

Tardaré más de una hora en cambiar la cama, dar la vuelta al colchón sobre el somier, cubrirlo con un empapador limpio, desvestirla y ponerle otro pijama, en que se vuelva a dormir, en darle agua y una pastilla, en fumarme medio cigarro que me secará la boca y en regresar a la cama. Adriana, me dice mi madre, hija, gracias.

Cuando vuelva a meterme en la cama, Adi ya no estará allí.

10

C'EST LA PETITE

(Ruth)

Solo comíamos mermelada de grosella y pan, y pan y mermelada de grosella. Mañana, tarde y noche. Y si nos daban otra cosa, pues es que yo no me acuerdo. Estoy pensando que sí que nos darían otra cosa, ¿no? No lo sé.

Las vacunas nos dieron fiebre a casi todos. Estábamos en Francia, en Macau, al menos hasta que supieran qué hacían con cada uno de los niños. Tuvimos diarrea y fiebres que duraban más de una semana. Éramos un ejército de niños convalecientes y lastimeros, fantasmas flacos y medio verdes a mitad de camino a alguna parte. Cientos de niños enfermos sin sus padres.

Sí que nos cuidaban, claro que sí, pero estábamos muy débiles. Éramos muy poca cosa. Y también que, aunque nos dieran de comer y techo, eso no quitaba la pena que llevábamos. Por muy niños que fuéramos, sabíamos lo que era haber estado en peligro y poníamos atención a las conversaciones del cuartel. Sabíamos qué ciudades habían caído. Que en París ya se podía ver el *Guernica* de Picasso. Un año después de que empezara la guerra, sintonizaron la radio y escuchamos a un ministro animar a las tropas. Sabíamos que aquello era algo excepcional. Y que nosotros éramos apátridas. De otra cosa no, pero éramos muy conscientes de tener la mala suerte con nosotros.

¿Mandarían los cuerpos muertos de los niños de vuelta a casa? ¿Y cómo? Eso no puedo recordarlo.

Las rodillas no se me cerraron en todo el tiempo que estuvimos en ese cuartel. Herida sobre herida. Una costra crecía sobre la otra. Jugábamos todo el día, sin descanso. Al escondite, a las cartas, a la cuerda, al truque. Nos enseñaron a mover las piezas del ajedrez. Pero a mí no me gustaba estar quieta y tropezaba con los adoquines levantados del patio. Amelia me pasaba todos los días la peineta para buscarme los piojos, como le había dicho mi madre.

Poco a poco, llegaron más refugiados de otros lugares. Y llegaron también adultos. Una mujer nos dijo que había visto a nuestra madre en una fila esperando para subir a un barco. Amelia y yo la buscamos por todas partes. Miramos la cara de todas las mujeres vestidas de negro que habían llegado. Entonces, la mujer señaló a una anciana. Esa es.

Pero no era nuestra madre. Era una pescadora que ni siquiera se parecía a ella. La gente estaba perdiendo la razón. Después nos dijeron que nuestra madre había vuelto a casa. Pero nadie traía noticias ni de ella ni de Matías.

Yo no pensaba en el futuro.

¿Qué era el futuro? El futuro no era nada.

Cuando tienes pocos años, un mes ocupa una parte muy importante de tu vida. El futuro tarda mucho en llegar. No había noche en que Félix, un niño que dormía con nosotras porque estaba solo y era de nuestro barrio, no llamara a su madre a gritos. Amelia, que dormía en una litera encima de él, bajaba la mano y le acariciaba la espalda y le decía, es un sueño, duérmete, es un sueño, pero todas sabíamos que ya no se dormiría hasta la noche siguiente.

Y lo peor es que el chico tenía razón, aquello no era un mal sueño. La vida real, lo que pasaba cuando cada mañana volvíamos a abrir los ojos, era que estábamos en un edificio militar en alguna parte, que en nuestro país había una guerra y que nuestros padres podían estar vivos o estar muertos desde hacía un tiempo y nosotros no lo sabríamos.

Llevábamos allí casi un mes cuando vinieron a buscarnos. Siempre tuvimos los equipajes listos para salir en cuanto nos dijeran. Los cinco que siempre andábamos juntos nos metimos detrás de una alacena enorme con forma de esquina que había en un rincón. Sabíamos que nos iban a llevar a alguna parte, pero no sabíamos a dónde.

Pobres diablos.

Queríamos seguir juntos. Éramos una pequeña familia de críos. No queríamos separarnos. Ya sabes cómo se hacen los niños de amigos. Pero no éramos idiotas. Decían Rusia. Decían Moscú. Decían Ejército Rojo. Y ninguno sabíamos dónde estaba eso. Pero sonaba a frío, a nieve y a orfanato. Sonaba a pasar todavía más hambre.

Allí ninguno tenía más de doce años. Ponte en nuestro lugar, si tú con diez años no ibas sola ni a por el pan. Pues detrás del mueble ese estuvimos escondidos un día entero. Hasta que uno de los comisarios cayó en que la alacena no estaba del todo en su lugar y la movió. Y allí nos vio temblando de nervios, de miedo, de risa por la travesura. Luego lloramos todos. Félix se había meado y también lo que no es pis.

Al día siguiente, nos metieron en un tren. Éramos ya los últimos. El capitán dijo: Estos van a Moscú y estos a Bélgica. En un grupo estaba Amelia y en otro yo. Amelia dijo que no podía ser eso, que nuestra madre la mataría si nos separaban, y nos juntaron. A los demás los mandaron a Rusia. Y a nosotras a Bruselas. Tampoco sabíamos dónde estaba Bélgica. Así que lo mismo nos daba. Era la primera vez que escuchaba esa palabra en toda mi vida.

Casi todo era la primera vez que lo pensaba.

Ahora me parece que todo lo pienso por última vez.

Los franceses salían a las estaciones para vernos pasar. *Manger, manger.* Y se tocaban la boca con los dedos apretados y juntos como de gesto de comer para tirarnos alimentos. Pero lo que sí queríamos era agua. Pasábamos mucha sed. Eso recuerdo. Tener la garganta muy seca.

¿Será verdad que tuvimos sed?

Nosotras íbamos acurrucadas las dos, pero los chicos trepaban por las redes donde se ponían las maletas y se subían al techo del vagón. No recuerdo nada de pasar una frontera. Luego, en Bruselas, nos subieron a un autocar hasta la Casa España. Yo no sé cuántos niños habría allí. Pero éramos muchísimos. A nosotras nos tocó dormir en casa de monsieur Fernández hasta que nos asignaron a alguien. Juntó dos camas y nos echó allí a varios. Al fin, pudimos bañarnos y dormir del tirón. Fueron amables con nosotras.

Unos días después, sacaron la única ropa limpia que nos quedaba. Yo, siempre raya al medio y el flequillo como ves en las fotos. Era bonita. Nos llevaron a las dos hasta la casa donde iba a quedarse Amelia. Monsieur Fernández me dijo: Quiero que sepas dónde estará tu hermana. Y llegamos a una casa. Tenía una pequeña escalera antes de entrar.

Aquello fue doloroso.

Monsieur Fernández llamó a la puerta con su mano y una mujer abrió. Vengo a traerle a la niña española, le dijo. Y la señora sonrió. Mi hermana Amelia nos adelantó un par de peldaños. Miraba hacia atrás y miraba hacia todas partes y yo vi que se le llenaban los ojos de lágrimas. En ese momento, una niña vestida de azul marino, peinada la mitad del pelo casi blanco hacia atrás, zapatos brillantes, calcetines largos, la cintura pequeñita y los ojos muy separados, es que no la olvidaré, salió de la casa y se puso delante de su madre. No, empezó a gritar, no la quiero aquí, *espagnols, dehors,* no, no, no. Mi hermana dio un paso hacia atrás en la escalera y tuvimos que sujetarla. El delegado dijo: No pasa nada, me la llevo, no se preocupe.

La maldita niña podía haberlo pensado antes de montar aquella escena. Pero eso fue lo mejor que pudo pasarnos.

Las casas de allá no son como estas. Allí las casas tienen un jardín. Y el jardín tiene árboles y los árboles tienen frutos con los que luego hacen pasteles o zumos o los secan y los cubren de chocolate. Tampoco los pueblos son como los nuestros. La gente quiere a sus ciudades. Diferente que aquí. No diré yo que aquí no se quiere a la tierra. Calla, no. Aquello era un pueblo pequeño, como el nuestro, y también trabajaban los metales y los pozos de carbón. Así que no perdimos de vista las chimeneas.

Estaba en una llanura al sur del país. Châtelineau viene de *château*, que significa castillo.

Caminamos un rato y llegamos a una calle muy larga. Monsieur Fernández tocó el timbre de una puerta.

Esta es la suya, madame, dijo, *c'est la petite*.

Aquella mujer bajó las escaleras y entonces me abrazó muy fuerte. Y se puso a llorar. Aspiré el perfume dulzón de su camisa blanca. Y me mojó el pelo con las lágrimas.

Le explicaron lo que había pasado con mi hermana en la otra casa y Elise dijo que se quedaría también con Amelia. Y sí, allí nos quedamos las dos.

Mejor ya no te cuento más. Ha sido decir Elise...

EL LIMO

11

ADRIANA

Levanta los brazos y los pasa por detrás de la nuca. Reparte con los dedos el pelo en tres mechones y comienza la trenza. El ruido de la televisión es un rumor doméstico que la tranquiliza desde una calma antigua, aprendida durante noches de dormir con esos sonidos de fondo. Pero no es verdad que dentro ella hoy haya paz. Llegan sintonías agudas para el acierto y cómicos acordes para el error, psicodelia de focos alumbrando el suelo del pasillo: su madre tiene puesto un concurso mientras corrige exámenes de francés.

Adriana, ¿me traes agua?, le pide.

Cuando la trenza está terminada, se da cuenta de que un mechón rebelde se ha escapado y tira de él y lo suelta varias veces y finalmente lo enreda en la goma: es el mismo que a él le gusta tocar. Cuando le agarra el cuello con la mano abierta, a veces fría, a veces templada, y luego acerca mucho su cabeza.

No se atreve a mirarse en el espejo del baño: los ojos devuelven verdad. Aunque parecen los mismos de siempre. Pero solo una vez quiere verse, y la perspectiva de mirar su cara desde abajo dibuja nítidas dos ojeras negras. No ha dormido bien.

Lleva una camisa de franela de cuadros rojos y verdes que tirará después porque no soportará volver a ponérsela, un pantalón vaquero desgastado que ya no cierra en el último botón de la cintura y un par de botas de agua que una vez fueron blancas, mucho antes de los pasos que van a dar esa tarde, antes de tanto barro.

Va a su habitación y se pone la chamarra verde impermeable. Respira muy hondo, las costillas se abren hacia el techo, se expande el aire dentro, pero el corazón no desacelera debajo de la ropa. Deja algunas palabras escritas en una hoja doblada debajo del colchón, por si acaso. Todo con él acaba para ella siempre en un por si acaso. Y ella no sirve para la incertidumbre.

Pone el vaso de agua sobre la mesa con ímpetu y se derrama un poco, ahora tiene que limpiarla, pasa la manga del abrigo sobre las gotas y se despide rápida de su madre, que cabecea reprochándole el gesto, no vuelvas tarde. No vuelvas tarde, le dice también su padre, que hasta ahora dormía con la cabeza apoyada en los puños encima de la mesa. Y la casa se queda cerrada detrás de ella conteniendo el olor del detergente con que fregaron el suelo y de la ebullición del puchero ese mismo mediodía.

Baja sin prisa. La goma de las botas de agua rechina sobre los peldaños. Las rodillas no sujetan con firmeza el cuerpo. Por el hueco que vertebra la escalera hay un eco de pasos que caen: un, dos, tres, cuatro, cinco, seis y siete. Podría bajarlas con los ojos cerrados. Recuerda a su padre en lo alto del tramo: ¿Quieres que vuele, Adrianita?, ¿quieres? Sí. Y su padre estiraba los brazos hasta la mitad de las barandillas y daba una zancada enorme para caer en el rellano con los dos pies a la vez. El golpe retumbaba por todo el edificio.

En el portal mira el buzón: el nombre de su madre, el de su padre y el suyo. Pasa los dedos sobre ellos. Y da un pequeño golpe con el puño sobre el cartón en el que están escritos. Apoya la mano en el picaporte de la puerta y acerca la cabeza hasta el cristal traslúcido, apoya también la frente, y el frío y la presión le alivian momentáneamente la migraña. Al otro lado, tras el cristal templado, la calle aparece desdibujada, y es perfecto así porque ella también siente sus líneas borrosas. La panadería y el bar son brochazos impresionistas. No pasa nadie. Abre la puerta y cruza con decisión. Mira una vez hacia atrás, su edificio se inclina en un hundimiento lentísimo pero imparable sobre el edificio nuevo de al lado, que lo sostiene. Mira hacia las ventanas de su casa y ve a su madre levantarse y encender las luces del salón: es invierno y la tarde cae pronto y nublada. Sale a la carretera. Cruza el pasadizo subterráneo por debajo de la nacional. Cuando emerge, el aire despedido al paso de un tren de mercancías levanta los bajos de su chaqueta. Mira hacia las casas. Una mujer en bata, en un balcón, restriega con fuerza un trapo contra la pared negra. Nunca lo conseguirá, piensa, estamos impregnados de hollín. Y se siente culpable durante algunos segundos porque un pensamiento la ha distraído de lo que va a hacer.

Camina por la acera, junto al muro de ladrillo que separa las vías del tren de la carretera. Los coches circulan con lentitud a su derecha. Y, antes de llegar a la pasarela de hierro, salta la valla y cae en los andenes. De niña, no le dejaban cruzar al otro lado por ese puente, todo ese óxido, salitre sobre salitre, decía Ruth, cualquier día se parte por la mitad y con tan mala suerte que pasa un tren y nos revienta a todos. Y luego lloraremos.

Y llevaba razón: como si no hubiésemos visto nunca la molicie, la corrosión, la gota de agua cayendo del puente, el suelo agujereado y vencido por el desgaste del paso de los marineros, como si no supiéramos que toda estructura aquí tiene podridas de humedad las venas.

Cuando ya ha cruzado la mitad de las vías, se da cuenta de que ha empezado a llover y se levanta la capucha. Al llevarse las manos hacia la cabeza para colocarla, ve que dos hombres han comenzado a caminar detrás de ella. El esternón se afila y la mandíbula se desencaja. ¿Son guardias? ¿Son ellos, así, a la luz? Quiere llorar. Quiere volver y encerrarse en el baño. Echa la vista atrás y se da cuenta de que son un chico muy joven y un hombre mayor y que aceleran el paso. La sobrepasan y le dicen hola y siguen adelante. Respira el humo del cigarro que exhala uno de los hombres y que se mezcla con su propio vaho.

Camina muy cerca de las paredes de los vagones para protegerse de la lluvia, cada vez más intensa. Los cuenta y se esconde entre dos contenedores. Unas vías más allá, tendría que aparecer él. Nos vemos así. Tenemos que hablar, le dijo. Pero no iré solo. Ya lo sabes. Pues no vengas solo, respondió ella, pero yo solo quiero hablarte a ti.

Entonces no se fía de sí misma y piensa que no ha contado con la suficiente concentración, que no está en la posición acordada. Y desanda el camino para empezar de nuevo. Cuánta torpeza, Adriana, piensa. El tacón de la bota mojada resbala sobre un raíl y se cae entre las vías y se golpea la cabeza con el enganche de los vagones. Se levanta y se palpa el cuerpo. Está bien. Se toca la tripa y se toca la cabeza. El dolor sube por los músculos enfriados después de la caminata y llora sin hacer ruido. Por qué tiene que estar ahí. Se da cuenta de que ha perdido de vista a los hombres de antes, adónde han ido.

Hasta donde ella está, no consigue entrar la luz de las farolas de los puertos ni de la carretera. Solo a veces, los faros de un coche en movimiento al girar consiguen iluminarla. Cuando los ojos se acostumbran a la oscuridad y fija la vista o consigue respirar y mirar de frente, distingue a tres hombres. Son tres siluetas detenidas contra el negro. Ella busca en el bolso de cuero la linterna de petaca. Le tiemblan las manos. Recuerda la señal. Encender y apagar. Encender y apagar más lentamente. Encender y apagar más lentamente aún. Aunque enseguida la toca, fría y metálica, se demora lo máximo que puede porque sabe que las luces desencadenarán la escena. Cuánto pueden extenderse diez segundos.

Aspira hondo y saca la lámpara. Recuerda a su padre con esa misma linterna por la casa cuando se iba la luz, quedaos quietas, ¿no podéis quedaros quietas un minuto?, les decía. Entonces, cierra los ojos y hace el parpadeo acordado. La luz pega intermitente sobre el cuerpo de los tres hombres con un clic seco del interruptor que se desplaza por el lateral del aparato. Cuando todo vuelve a estar oscuro, los hombres se relajan y uno se acerca: es él.

Hace semanas que no le ve. No distingue sus facciones, ni siquiera su contorno, pero ella le sonríe como si pudiera verla, con una mueca difícil, la más difícil de todas, un gesto que recordará y odiará el resto de su vida.

No quiero seguir haciendo esto. No quiero participar. No quiero traducir. Ni saber nada. No tiene más sentido. Es que yo no soy así. No sirvo.

Adriana.

No sabe por qué él pronuncia su nombre, como si constatara que esas son las letras que la definen y quisiera nombrarla por última vez. Él le extiende un libro. Dentro, varias hojas dobladas. Seguramente direcciones, instrucciones, pero ella no quiere saberlo.

Que no quiero esto, le repite. No quiero que nos veamos más, ni saber más. Y se tapa los ojos, y después los oídos, pero la realidad se cuela por alguno de sus sentidos grabándose para siempre.

Él la agarra del brazo. Ella repite déjame varias veces. No quiere más consignas ni más ideas. No le parece que haya nada más revolucionario que lo que está pasando dentro de ella.

Él le dice: Está bien. Pero no podremos volver a vernos nunca. Ella le dice que sí. Que lo sabe. En realidad, no sabe nada, pero lo repite: Que lo ha pensado y que lo entiende muy bien. Y él se aleja de espaldas.

Ella también da media vuelta y se marcha. Salta todas las vías del tren hasta volver al muro. Pero no debe correr. Sí empieza a caminar muy rápido hacia la estación.

Lárgate rápido y ya, le dice él, más alto de lo que debiera, con cierta rabia. Mientras se aleja, mientras deja todo atrás, ellos también huyen. Ve cómo corren, ve cómo trepan la ladera junto a las vías y se suben a un coche a lo lejos, en el recodo de la carretera, y oye el acelerón que se expande por las dársenas del puerto, llega hasta la bocana, oscurece el mar.

Quiere regresar a su casa y contarles a sus padres lo que le está pasando. Quiere estar en su cama, arropada, en silencio. No quiere ver a nadie. Quiere hundir la cara en el pecho de su madre. Quiere dar marcha atrás, pero no sabría bien hasta cuándo tendría que retroceder.

Cuando llega, entra sin saludar y se mete en su habitación. Se asoma a la ventana, mira el horizonte. Los muelles y los diques al otro lado son un desolador paisaje de barcos en obra viva. Varaderos lejanos, planos inclinados y embarcaciones abiertas como la caja torácica de la ballena de una fábula infantil. Carcasas fantasmas de animales mitológicos del norte.

Fuera sigue la lluvia incansable, cayendo sin respiro sobre el pueblo, sobre la bahía. No volverá a verle nunca. Meses después nacerá una niña. Ella sola decidirá ponerle su nombre, pero en otra lengua. Y él no lo sabrá. Él se perderá en el monte. No sabe si cambiará de identidad. O si huirá lejos. Si lo encontrarán después. Si, tal vez, lo matarán.

MAREALTA

12

CHÂTELINEAU

(Ruth)

Lloré todas las tardes del primer mes que estuvimos en Châtelineau. Es mucho llorar un mes para una niña que acababa de cumplir nueve años en un barco que no se sabe a qué puerto llegará, ¿no te parece? Cuando se llora tanto, se hace desde un lugar que ya no es la pena. Llorar se convierte en una forma de estar.

Ruth, se te va a poner cara de vieja, me decía Amelia. Pues me da igual.

A Châtelineau no llegaban cartas. No teníamos noticias de nadie.

Fue un tiempo de tristeza muy hueca. Muy oscura. Los niños lloran, tú lo sabes. A veces, porque tienen pena y, a veces, para pedir un poco de atención. Pero no tiene sentido llorar sola como yo lo hacía, tirada dentro de una habitación. Qué hace una niña pequeña llorando contra la guerra. A qué o contra quién llora.

Todas las semanas, Elise nos sentaba con ella para escribir a la familia. Yo le decía que lo primero era preguntar por Matías. Y Elise escribía en francés: *Bisous à Matías. De nous tous pour vous tous.* Luego, cuando aprendimos a escribir nosotras, por Matías ya siempre pregunté yo y en español.

Si se muere la madre, se quedan aquí las dos, le decía Elise a Ivo pensando que aún no comprendíamos el francés. Pero sí entendíamos lo que significaban esas palabras.

Así que estaba triste por mí y por nuestra madre y por nuestro hermano. Y de forma algo borrosa por el fantasma que fue siempre nuestro padre. Un día y otro y otro. No era solamente pena, también tenía mucha rabia. Por qué nos habíamos tenido que ir nosotras. No era solamente soltar lágrimas y lágrimas, los ojos rojos y el pecho desacompasado siempre, cada noche en la cama, nocturna, luego el dolor de cabeza y echar de menos abruptamente, desde las tripas, a mi madre. No era solo eso. Era también patalear, darme golpes, tirarme del pelo, fruncir el ceño y cruzar los brazos delante del pecho.

Ruth, se te van a caer los ojos.

Y yo miraba a mi hermana, allí sentada en la silla de mimbre, vestida entera de nuevo, asustada también como un conejo que te encuentras de frente en un paseo por el campo. Pero tan mansa, tan dispuesta a dar facilidad. Yo no podía entender que se levantara de las sillas con esa alegría y comenzara a pasar sus dedos por la cara de porcelana de las muñecas de Elise con la pasmosa tranquilidad de quien no quiere enterarse de nada, de no pensar nunca en qué iba a pasar después. ¿Qué era lo siguiente en nuestra vida: querer a esa gente por agradecimiento? ¿Es que habíamos cambiado de padres y ya estaba? Y, por las tardes, cuando se ponía a hojear un cuento sobre sus rodillas. Las rodillas impolutas, redondas y brillantes de mi hermana. Los pies muy juntos. Las espinillas juntas y sin cicatrices. Pero si no sabes leer francés, estúpida, pensaba. Estúpida. Idiota. Traidora. ¿No veía que ya éramos huérfanas?

Todo se lo dije aquellos días. Después, mi hermana, como si nada hubiera sucedido, se arrodillaba junto a mi cama y me pasaba la mano por la espalda y el pelo hasta que yo me quedaba dormida.

Aquella casa que también fue nuestra. Su techo alto, enormes lámparas de cinco brazos retorcidos que nunca colgaron sobre las bombillas desnudas de la casa de mi madre. En la planta de abajo había un salón luminoso, cubiertas las paredes hasta la mitad con un friso de tablones de madera blanca. Todo estaba orientado hacia la enorme chimenea que caldeaba la casa. Sobre la repisa, retratos en sepia de los padres de Elise y de Ivo, dos velas casi siempre encendidas, una diminuta fotografía del primer marido de Elise, Pierre, caído en Ypres durante la guerra, vestido de uniforme, los ojos transparentes incluso en blanco y negro. En el centro, cuatro butacones tapizados de terciopelo color mostaza y una mesita pequeña de cristal donde tomábamos por las tardes infusiones de hojas del jardín y frutas.

También había un piano de pared que Elise tocaba los fines de semana. Me encantaba escuchar *Claro de luna*. Con esa tristeza arrastrada y tranquila. Yo me ponía a su lado, de pie junto al piano, y al gesto de su cabeza le pasaba la partitura. Nunca había escuchado el sonido verdadero de un piano, ese golpe tan de madera y martillo.

La cocina no era como la nuestra, un chiscón lleno de humo y sangre de los pescados que impregnaban hasta lo más profundo de los tablones del suelo. Allí había cazuelas y frascos, siempre flores frescas en una jarra de estaño, hierbas aromáticas puestas a secar colgando del dintel de la ventana, utensilios de madera en un bote metálico, trapos y delantales siempre limpios. Allí el puchero cocía las frutas con azúcar, *Le grand livre des confitures* casi siempre abierto, y se freían los tomates con laurel y sal y todo seguía un orden para que se convirtiera en conserva y nada fuera desperdicio. Guisaban carne con patatas y verduras. Sopas de bolas de hígado. En esa cocina había un armario lleno de chocolates amargos que traían de Mechelen. Y en la balda más alta ponían los quesos a madurar. Yo no había probado el chocolate en mi vida, y solo una vez el queso. Mi preferido era uno que se hundía por el centro y que picaba en la lengua y que Ivo se tomaba los domingos al anochecer con un vino. Le hacía mucha gracia cómo Amelia corría al baño a escupir y yo pedía más, *s'il vous plait,* y más y un poco más. *La petite fille adore le fromage,* y se reía. Entre la cocina y el salón, al otro lado de las puertas dobles correderas, estaba el comedor donde nos recibieron, con la mesa donde Elise hacía eso, lo que ya sabes.

Ya sabes lo que hacía Elise.

El día en que llegamos, sacaron una cubertería de una caja de madera que nunca volvimos a ver y pusieron un mantel blanco de hilo. En casa nunca usábamos mantel. En casa, todos los días, la cazuela en la mesa baja de madera, la familia de pie alrededor y cucharada y paso atrás. Me gustaba el roce del mantel con almidón sobre mis piernas. Los cristales tallados de las copas hacían pequeños arcoíris sobre el techo cuando eran atravesados por el sol. Elise los llamaba cucús. Aquella mañana en que llegamos, éramos como dos pájaros esqueléticos y negros que se habían colado por una ventana. Tan dispuesto aquel día todo en su lugar menos nosotras y nuestros ojos hambrientos, las ojeras negras, los huesos marcándose por toda la ropa. Nos habían preparado comida, pero antes nos enseñaron la habitación para que dejáramos el equipaje. Por señas, nos dijeron que bajáramos en unos minutos a la mesa. Amelia y yo nos tiramos en las camas, una en cada cama.

Dormimos durante un día entero.

Al mediodía siguiente, aparecimos bañadas y peinadas por la mucama. Ivo y Elise nos sonrieron y nos colocaron entre las dos una bandeja enorme de costillas de cerdo, un cuenco de mejillones hervidos y una cantidad de patatas y zanahorias asadas con las que habríamos dado de comer a todas las familias que estuvimos en aquel piso durante la guerra. De postre, tarta de frutos rojos y chocolate. A ninguna nos gustaban los mejillones, pero aquella tarde Amelia y yo comimos todo con tanta ansia que nos tiramos la mitad de la noche riendo y saltando sobre el colchón por el subidón de los azúcares y la otra mitad vomitando.

Cómo serían nuestros estómagos de pequeños, de desacostumbrados.

En nuestro dormitorio, papel de flores, dosel de tela de raso, cojines y suelo de madera oscura. Había un banco junto a la ventana desde el que Elise nos leía un gran libro azul de Perrault antes de dormir para que nos fuésemos haciendo con el idioma. El horizonte desde la ventana era muy largo. El patio, la huerta, las vías del tren y, al fondo, unas montañas que se cubrieron de nieve durante los inviernos que estuvimos allí. Nos compró mucha ropa y dos abrigos nuevos a cada una. Quemó en la chimenea todo lo que traíamos. Con este harapo os moriréis de frío, decía. Y tuvimos por primera vez sombrero, calcetines de lana dibujando rombos hasta las rodillas y unas bufandas de zorro con las patas y las cabezas del animal colgando que yo prefería no mirar.

A mí me cortaron el flequillo recto por encima de las cejas y a Amelia le recogían el pelo en un moño bajo. La primera vez que nos reflejamos en el espejo, me dio un ataque de risa: Esta noche hay comedias, le dije a mi hermana, y me metió un codazo en las costillas: Cállate, Ruth, siempre igual.

Yo no era dócil y pensaba: Esta es ahora nuestra vida ¿para siempre?

Muchas noches me escapaba. Salía por la ventana y me tiraba al patio y atravesaba las huertas que tenían todas las casas en la parte de atrás. Huía antes del amanecer y corría por la calle. Era una calle larga donde mis zapatos retumbaban en ese silencio que solo rompen los adoquines del centro de Europa en la noche fría de su largo invierno. Aquello no se parecía en nada a nuestro pequeño pueblo del norte. Este norte era diferente. Pero yo extrañaba el hollín, el zumbido de los barcos al entrar en el puerto, las sogas como serpientes tiradas por las calles. Allí las casas, todas de ladrillo, tenían un orden exacto, una altura igual. Visillos de bolillo hasta la mitad del cristal impoluto, flores en los alféizares, una pulcritud muy meditada. Todas con su puerta de cristal a la calle y ventanal en la planta baja, dos ventanas pequeñas en la alta y los desvanes.

Yo salía y corría, y cuando se me acababa la calle, cruzaba los prados y llegaba hasta las vías de tren. Si siguiera las vías, pensaba, tal vez podría estar en casa en unos días. Caminar hasta la frontera. Pero luego recordaba que yo no quería volver a la guerra. No quería volver y encontrarme que allí ya no quedaba nadie. Que todos estaban muertos. Y no quería volver a tener ese hambre que mordía el estómago.

Cuando el frío me hacía temblar y los recuerdos me hacían temblar también, volvía y me metía otra vez en la cama con los calcetines llenos de barro y los bajos del camisón húmedos. Nunca nadie me dijo nada acerca de aquellas escapadas, pero estoy segura de que sabían lo que hacía. Las huellas de mis paseos quedaban marcadas en la moqueta clara de las escaleras.

También lloraba en el colegio con desesperación. Madame, la niña no se aplica, le decían a Elise. No se puede hacer nada. La niña retrasa al resto de la clase. No lee en francés, no escribe, no atiende. Se me encara cuando no acierta. Los demás también necesitan atención, y me paso la mañana con ella. Y Elise, con la manta de punto sobre los hombros, las gafas redondas y el lápiz en la mano, se sentaba cada tarde dos horas o tres, las que yo aguantara, para enseñarme a escribir. Pero si yo era una analfabeta en mi idioma, cómo iba a entender nada en otro. Me habían metido en tercer grado sin saber leer ni escribir en español. Cómo iba a hacerlo en francés. Poco a poco, fuimos aprendiendo. Antes de la Navidad, hablábamos para hacernos entender. En primavera, ya se nos empezaban a olvidar algunas palabras en español. Un día de algún comienzo de curso, Elise fue al colegio. Una compañera nos había estado diciendo que los refugiados veníamos a robarles el pan. Elise se enfadó y fue la única vez que la escuché gritar: Su país está en guerra, *fille égoïste*, y no te preocupes, que si le roban a alguien el pan será a mí.

También lloraba cuando pensaba en mi hermano. Calculaba qué estaría haciendo si las cosas hubieran vuelto a ser normales. Si estaría recogiendo cangrejos en la Marealta. Si habría encontrado otro balón como el que le reventó aquel coche a su paso por la nacional. Si seguiría muerto de hambre. Si sus pulmones. Si yo ya tenía nueve, él tendría siete y medio, si yo tenía diez, él ocho. Si era septiembre, a lo mejor mi madre lo habría apuntado a la escuela de arriba del pueblo. A veces, cruzaba por mi cabeza la idea terrible de que mi padre hubiera regresado y vivieran los tres en nuestra casa, felices. Y se hubieran dado cuenta de que en realidad con una boca a la que echar de comer tenían suficiente. Y que ya nunca nos reclamarían.

Y lloraba también de noche. Cuando sentía el soplido de Ivo sobre el candil antes de entrar en la habitación y el temblor de las llamas sobre los rincones se volvía oscuridad. Todo se quedaba negro. Entonces tenía miedo porque había una vibración antigua en esa casa.

Me asustaba el perchero con nuestros abrigos colgados, el espejo que reflejaba la luz de la luna si la noche era clara. Miedo del sonido blanco de la carne de ellos dos al otro lado del pasillo, de imaginar el cuerpo de Elise debajo del de Ivo, sin esa consistencia que la mantenía erguida durante el día: el abrigo, la falda, la combinación, la camisa blanca con los botones uno tras otro siempre correctamente abrochados y sin dobleces, el pelo recogido con una trenza enrollada. Plaf, como una palmada.

Y luego siempre la tos seca de Ivo. Parecía que ese hombre se iba a ahogar cualquier noche. Y después el ruido de la palangana recibiendo la orina.

Y luego, la nada.

Los crujidos de la madera. Nuestra soledad.

Entonces el miedo avanzaba y yo escondía la cabeza debajo de las sábanas y de la manta y del edredón que Elise había tejido uniendo pequeños cuadros de distintas telas mientras esperaba nuestra llegada. Me acordaba de Enrique, nuestro vecino, gritándonos que todo lo que hiciéramos ahí debajo lo vería Dios y seríamos castigados. Y yo me agarraba a lo único real, el olor del jardín pegado a los tejidos de la ropa de cama, el olor de la piel desprendida de la mano de la mujer que restregaba la ropa contra la madera.

Elise decía que había que dejar las puertas de las habitaciones abiertas al dormir. Que los espíritus debían salir y entrar libremente en ellas, observarnos mientras dormíamos, vigilar nuestros alientos. Yo me imaginaba a Pierre como una estatua militar a los pies de mi cama. Con su agujero fresco en el corazón, un orificio de bordes quemados en la tela del uniforme.

Y lloraba sola también cuando me escondía en el desván, entre las estanterías donde guardaban los frascos de la compota y la mermelada. Aquel ejército de reserva para los inviernos, como en la fábula de la hormiga.

Me daban ganas de empujar esas estanterías de madera vieja y tirarlos al suelo, cubrir con ese engrudo pegajoso y visceral las tablas viejas de la tarima, que se filtrara a las plantas inferiores de la casa y quedaran cubiertas de mermelada morada, roja, naranja. Derribar ese mundo ajeno a nuestra guerra, a nuestra hambre, a nuestra forma de correr bajo las bombas de los aviones. Lloraba en la oscuridad con la cabeza sobre las manos y las manos sobre las rodillas, como lloran las niñas pequeñas.

La última vez que lloré con aquella desolación fue precisamente ahí, en la planta alta. Pasaba los dedos por los frascos de cristal, haciendo cada vez más fuerza sobre ellos. Un bote grande con judías verdes no estaba bien cerrado y por la rosca de la tapadera se había salido un poco de agua pegajosa que se había vuelto negra. La toqué. Pegaba mi dedo y lo despegaba.

Sentí un zumbido cercano. No me dio tiempo a moverme. Había un avispero en una de las vigas. Una avispa me clavó el aguijón en el cuello. El insecto metió su veneno, con ese dolor agudo de calambre eléctrico, y sentí que no podía respirar bien. Me llevé las dos manos al cuello y noté cómo se estaba inflamando. Elise, Elise, grité. Amelia, grité. *S'il vous plait. Quelqu'un.* Lo último que recuerdo es el techo de vigas oscuras de la buhardilla y aquel ahogo mientras oía las zancadas de Elise por la escalera. Lo último que recuerdo es esa mirada azul de Pierre como una alucinación.

Perdí el conocimiento. Lo siguiente son sus manos retirándome las lágrimas de la cara, y las mías en el cuello, ya normal. Elise me dio la mano y bajó conmigo las escaleras. No me soltó en todo el día. No puede volver a pasar esto, repetía. Cuidar de vosotras es lo que tengo que hacer. A media tarde, acercó un butacón a la chimenea y me hizo un gesto para que me sentara sobre sus rodillas. Ella me pasaba las manos desde el hombro hasta el codo. Una y otra vez, una y otra vez. Yo giré la cabeza y, mirándola desde abajo, reconocí su preocupación y me acordé de otra preocupación más antigua. Veía en los ojos claros de Elise los ojos de mi madre. *Ne m'apelle plus Elise*, me dijo. *Appelez-moi marraine.* Y ya siempre le dije madrina. Así la llamaba, madrina, pero yo, como última rebeldía, en español.

Ese día dejé de llorar. El día que Elise me puso las manos sobre la cara, me quitó el dolor y no se despegó de mí. El día en que descubrimos que yo era alérgica al veneno de las avispas y no sabíamos cómo me había salvado de morir ahogada en aquel desván. Yo no sé bien lo que pasaba en esa casa, te juro que no lo puedo saber todavía hoy. Si eran sus manos o fue que pasaron los meses o éramos las dos. Qué fuerza tenía y de dónde la sacaba. No sé tampoco si lloré treinta días o un año entero. Cuando me sentía mal, le pedía que me hiciera un hueco a su lado y le decía: Déjame ver a mi madre. Y nos mirábamos un rato a los ojos. O a lo mejor solo éramos dos personas cuidando la una de la otra en medio de todas las guerras. Acababan de arrancar los años cuarenta. Y yo había perdido las ganas de regresar.

Me duele decirlo, pero no quería volver.

Aunque el fantasma de Pierre me vigilara mientras dormía.

13

LA CERRADURA

(Adriana)

Podría decirle que voy al local de la vieja academia de francés. Que si quiere puede acompañarme. Se lo podría decir todo como si las cosas no tuvieran importancia para que exista la posibilidad de negarse sin pensar que me hace daño. En realidad, queda ya poca incisión que hacerse. Escojo el abrigo negro y grande, largo hasta la rodilla. Necesito calor y que la ropa no suponga un artificio para los movimientos.

También puedes no venir, le diría. Y ella seguiría toda la mañana en pijama, despeinada y sentada en el mismo sofá y no pasaría nada, leyendo al lado de mi madre, que mira la televisión por encima del plato de pastas que nos manda sacar por la mañana y guardar cada noche por si queremos probar. Todavía, en la confianza de nuestra soledad compartida, nos agasaja. Siempre las mismas galletas ablandadas, cada vez más húmedas.

O, si no, directa: Salgo hacia la academia de francés de la abuela, abrígate porque allí hace frío, el aire está helado dentro porque es una habitación pequeña donde lleva años sin prenderse ningún radiador y la puerta tiene un cristal roto. Solo si quieres, podemos revisar qué queda, hurgar en los papeles, en los registros y en los cajones, planificar cómo la vaciamos en estos días, su limpieza y su venta, podemos tomar algo después en la tahona, un café con un dulce, antes de volver a casa, algo así como un desplazamiento natural de la ruta, un frenazo espontáneo en la media mañana.

La reconocería en el gesto de quitarse el abrigo, de remover el café. A lo mejor, podría enfadarse porque su madre dice algo que no le conviene oír. ¿Cómo llevas así los bajos del pantalón? Sigue siendo tan silenciosa como era de niña. Atenta a los discursos de los adultos, enterada antes de tiempo de lo que se dice en voz baja. Se molestará conmigo con cualquier frase que empiece por una madre lo que debería... y lo que sea detrás.

Si no viene, no importa. Esto me lo repito para no confundirme. Puede dejarse los auriculares, no fijar la mirada en algo más concreto, yo misma, no responder al teléfono que se ilumina y se vuelve a apagar. Podría decirle también que lo que saquemos por la venta del local será suyo. Que eso está pensado. Quiéreme bien por algo, *maitea*. O quiérela a ella solamente. Yo me quito de en medio. Quiéreme sin esfuerzo como el eslabón necesario de un engranaje antiguo. Con eso podrás financiar algún proyecto. Es justo, ¿no te parece? Eso le diría.

En realidad, sabe que nunca he querido ni he sabido aconsejarla por encima de lo que me ha pedido. No se lo digo, pero quiero que entienda que, de alguna manera, una madre y una hija sabrán cómo rellenar ese silencio o dejarlo vacío, no importa. Aunque yo sea solamente la última isla antes del océano abierto. El último peldaño antes de la caída. Me cruzo el bolso y, mientras me ato los cordones del zapato, solo pronuncio: Voy a la academia, ¿vienes?

Y ella responde que sí.

Le lleno a mi madre una botella de agua que dejo abierta sobre la mesa y le digo que nos marchamos. Muy bien, responde sin mirarme. Dudo si es buena idea dejarla sola y sentada. Hace días que no la veo bien. Se cansa demasiado hablando. Se duerme temprano y le cuesta amanecer por las mañanas. A veces, ha tardado en despertarse angustiosos minutos. Algún día, le he puesto el oído sobre el corazón, le he vigilado el pecho respirando. Le doy un beso en la frente y le digo: No tardamos.

Espero a mi hija con las manos en los bolsillos y un mechón de pelo sobre los ojos que no me retiro para que no pueda ver mi cara de pánico y cierro la puerta mientras ella desciende los peldaños de la escalera sin esperarme, la palma llevándose el polvo del pasamanos, y atraviesa los rellanos a punto de tropezar con el cordón suelto de un zapato.

Justo en la puerta, nos chocamos al empezar a caminar. Cada una supone una ruta.

¿No vamos en coche?

No, son diez minutos. Damos un paseo.

Entonces, me gustaría pasar por la librería.

Vamos.

Nada es ligero como yo lo imaginaba. Los nubarrones no dejan ver el fondo del cielo y siento que me pesa el cuerpo más de lo normal, en un ajuste de cuentas con la gravedad. Me pienso cada paso, medito el balanceo de los brazos en los costados, ¿llevo la cabeza erguida? Me estiro. Bajo los hombros, resuelvo la postura congestionada. Ella mira al suelo y vigila las señales de tráfico, lanza un brazo rígido sobre mi vientre cuando casi cruzo con el semáforo en rojo. No pasa nadie.

Paramos en la librería y le digo que espero fuera. Enciendo un cigarro que enseguida me revuelve el estómago y me baja la presión y la veo deambular entre las estanterías apretadas, muchas de ellas combadas por el centro. Derriba una torre de libros con el abrigo. Veo que pide perdón con la mano y vuelve a montar la pila en el mismo orden. Mira mucho tiempo un libro grande con fotografías en blanco y negro y se lo pone debajo del brazo. ¿Se habrá olvidado de que estoy aquí? Se acerca al mostrador y el librero consulta algo en el ordenador. Luego se levanta y pone una escalera junto a la estantería para alcanzarle otro libro más. Cuando sale le pregunto qué ha comprado y me dice que nada, que algo sobre el urbanismo del barrio y el origen del puerto, y que poco más. Se le caen un par de fotografías de dentro de uno de los libros. Las recojo y las miro y les doy la vuelta, leo sus leyendas. En una de ellas, varias mujeres trabajan de pie alrededor de una mesa de madera y bajo la luz de una bombilla en un secadero de bacalao en los años cincuenta. En otra, unas diez mujeres agarradas de los brazos suben por un monte. Por detrás: «Mujeres que trabajan vendiendo pescado en sus distritos o en puestos de pescado de poblaciones cercanas. Años cuarenta». Todas sonríen a la cámara, todas llevan falda y las piernas al aire. Zapatos negros. La foto recoge el ímpetu alegre de su paso.

Siempre le han gustado los libros. A veces, mi madre le decía que iba a perder la cabeza de tanto leer. Como don Quijote, le decía. De niña, iba a esa misma librería a gastarse el dinero que le daba mi padre los domingos y elegía al azar las lecturas. Pero no fue buena estudiante. Le costaba hacer la tarea. Sentarse sabiendo que tenía unas cuantas horas por delante para cumplir con la obligación escolar. Era sucia en sus cuadernos, desorganizada y nada minuciosa. Las hojas de papel que escribía tenían siempre relieve en el dorso de su trazo esforzado. Las letras picudas y disparadas. Perdía constantemente los rotuladores, nunca me avisaba cuando teníamos que firmar las autorizaciones para una excursión. Cuántas veces, después de llevarla al colegio, me encontraba con la escuadra y el cartabón verdes de plástico olvidados sobre las migas al lado de la taza vacía del desayuno. Nunca le ha gustado que le digan lo que tiene que hacer.

Intento abrir la puerta de la academia después de varios forcejeos con la llave. Es la cerradura, me quejo, está oxidada. Ella empuja con el pie. Le doy paso y entra y se queda parada en el centro con las manos en los bolsillos. Luego se sienta sobre una de las mesas. Están todas descolocadas, alguna silla caída, no recuerdo nada que haya podido provocar este caos. En la pared, una gran humedad ya seca ha descascarillado la cal sobre el suelo de gres. Un póster del monte Saint-Michel y unos dibujos que mi madre hacía para decorar la escuela con manos que parecen saludarse y despedirse. *Bonjour. Merci. Au revoire.* Enciendo el fluorescente, que tirita emitiendo un ruido de temblor al intentar arrancar. Quítate el abrigo, o tendrás más frío cuando salgamos. Me hace caso. La estantería está llena de papeles: matrículas, exámenes, fotocopias de ejercicios de gramática. Te acercas y te quedas mirando una hoja con la conjugación del verbo *être*.

¿Cuántos años dio clase la abuela?

¿Veinte años? Algo así. Hasta que tú tenías diez u once.

¿Venía mucha gente?

Bueno, tenía seis o siete alumnos cada hora. Y daba clase cuatro horas al día. No tanto. Pero suficiente.

¿Por qué no quisiste dar clase tú?

Porque este era su espacio. Lo había levantado ella sola. Se empeñó. En casa hacía falta dinero y a ella le aburría mucho pasarse el día entre las cuatro paredes. Ya sabes cómo es. Ella nunca me habló en francés. Pero pasé tanto tiempo aquí, esperándola, que acabé aprendiéndolo de oído. Podría haberme hablado cuando yo era niña, pero antes no se entendía que un idioma fuera tan importante como ahora, aunque ella reconocía que hablar la lengua de la gente que quieres es lo primero para entenderla. Por eso le daba rabia no hablar euskera. No haberme podido enseñar ni hablarlo ella. Cuando saqué la oposición de profesora y me liberaron un tiempo para aprenderlo, se sentaba conmigo a hacer los ejercicios y algo se le quedó para leerlo, no para hablarlo.

Pero Adirane no hace caso a esto último que le digo y entra al cuarto de atrás y la oigo hurgar entre los papeles, abrir y cerrar los cajones. Sale con un cartel plastificado y amarillento en el que dice «Hoy no habrá clase». Me pregunta de cuándo es. Le digo que por las amenazas y las huelgas. Que era un cartel que la abuela se hizo y plastificó con celofán para ponerlo siempre que aparecían a decirnos que al día siguiente no se abría. Y que eso era a menudo. Porque habían cogido a uno. Porque encarcelaban a otro. Porque se habían matado manipulando una bomba. Un chico golpeaba la puerta en mitad de la clase y soltaba: Mañana no se abre. Y la abuela no abría. Qué iba a hacer. Los que abrían se la jugaban. Al día siguiente podías tener el negocio reventado.

¿Ella nunca se negó?

¿Por qué crees que la cerradura abre tan mal?

Pasamos casi una hora tirando papeles en bolsas de basura. No hay nada de valor. Saca el teléfono y graba los sacos de papeles. El cartel exterior. El nombre de la academia impreso en las hojas de examen. Sé que me graba de espaldas y que graba mis manos pasando los papeles sobre mi pecho en busca de algo que valga la pena conservar. Tengo la nariz y las manos congeladas y ella empieza a toser y le digo que nos vayamos. Apago la luz y cierro la academia.

Creo que podremos sacar algo por este lugar, ¿no crees?

Entramos en un bar. Pide algo con un gesto al camarero. Nos sentamos en la barra, algo enfrentadas la una a la otra. Estamos en una especie de tregua. Casi puedo sentir algo parecido a la paz que se cuela entre una y otra batalla.

Una mujer rubia parece reconocerla y, a su paso por nuestro lado, suelta el manillar del carrito de bebé que va empujando y apoya las manos en sus hombros, Adirane, *berdin zaude*, le dice. Es una vieja compañera del colegio. Ya ves, sigue, este es el tercero. Los otros están en la *ikastola*. Pero cuéntame tú. Y ella le sonríe y no dice nada. Tarda demasiado en responder.

Adi, pero cómo estás.

Pesa su silencio.

Está bien, respondo yo.

¿Qué haces por aquí?

Ha venido a hacer un trabajo. Y a vernos.

Qué bien. La *amona* estará contenta. Cómo te quería esa mujer.

Sí, lo está, le digo.

Tendrás ya niños y todo.

Entonces la vieja compañera entiende que no va a recibir respuestas y dice *agur* y parece coger impulso para volver a empujar el carro. Cuando suena la puerta, la miro y tiene los ojos cerrados. Parece decepcionada consigo misma.

Llevo mi mano a su mano. Y se deja acariciar sin retirarla.

¿Hija?

Se le caen dos lágrimas sobre la piel tensada por el frío.

Tienes que decirme qué pasa.

Tuve mucho miedo.

¿A qué, *maitea*?

A todo.

Traga saliva y pide con la mano al camarero otro vaso para mí. Yo me quito el abrigo y lo doblo sobre mis rodillas y tiro de su bufanda, que se desliza por debajo del pelo, y la pongo encima. Ella se baja la cremallera y echa el aire en un soplido que puedo oír. Y mira hacia arriba tragando saliva.

Sobre todo, miedo de ser algo malo para ella. Para la niña. Porque no estaba bien. Porque pensaba que me iba a pasar algo. Y me fui. La dejé con su padre. Me fui. Decidí no ser más su madre. No quería que me viera angustiada. No quería transmitirle esta oscuridad.

Pero ¿por qué te iba a pasar algo a ti?

Y arranca: A todo el mundo le pasaban cosas a mi alrededor. A mí ya me había fallado el cuerpo una vez, cuando perdí el anterior embarazo tan tarde y tuvieron que ayudarme para sacar al bebé. Tuve que parir a un bebé tan grande. Yo pensé que eso no había significado nada. A todas nos dicen que eso pasa, que a casi todas nos pasa. Que a una de cada tres. Pero nadie nos habla de eso. Nadie te lo cuenta. Yo te dije estoy bien, y es que estaba bien. Pero algo se había quedado ahí, quiero decir no adentro donde el bebé, sino una pena. Era una amargura que yo no podía controlar. Que tampoco podía compartir. Eso era lo que me desquiciaba, que yo no tenía el control sobre lo que pasaba dentro de mi cuerpo. Pero, *laztana*, eso le pasa a muchas mujeres. La abuela perdió dos. Pero ¿y la niña?

Dice que el embarazo de la niña lo vivió mal, con mucha tensión. Dice que eso la transformó. Que le dolía la cabeza varios días a la semana. Que no podía trabajar. Que le hicieron mil ecografías porque iba sola a urgencias diciendo que sentía algo o que no sentía nada y le hacían la ecografía y no sabía si crecía bien o no crecía.

Me aprendí de memoria cómo es un embrión, dice, cuántos gramos crece un feto cada semana. Sabía lo que tenía que medir. Qué órgano estaba creándose en ese momento. Leía textos sobre los bebés muertos antes de nacer. Buscaba fotografías. Cuando ya podía sentirlo dentro, me compré un pequeño aparato, como un estetoscopio que pasaba por encima de mi barriga y podía encontrar su latido. Si iba a hacer una grabación, volvía a casa y me lo ponía. Si iba a por el pan, con el abrigo abierto, pero todavía puesto, escuchaba. O si me despertaba a mitad de la noche.

¿Y qué oías?

Un zumbido, un burbujeo, gotas. Fum, fum, dice. Muy rápido, pero eso me dejaba tranquila. Cuando yo no lo encontraba, llamaba a Iván y él me lo pasaba untado en gel por la barriga. Y me decía: Confía en ella, está aquí. Y era verdad: la niña nació. Cuando ya estuvimos en casa, dejé de preocuparme de que algo le pasara a ella y empecé a preocuparme de que algo me pasara a mí. Algo incontrolable, como una enfermedad, como apagarme de pronto. Y no he sabido controlar la preocupación. Y él tampoco me ayudaba. Pero también como si estuviera perdiendo los últimos días de mi vida en esa casa, parada, aislada, empeñada en la nada. Hasta que ya no he podido más. Porque tenía tristeza todos los días. Estaba siempre enfadada. Es difícil vivir pensando que te va a pasar algo. Anticiparse es la peor forma de vivir. Y me alejé. Y ya estaba alejada de vosotras.

Entonces se lo digo. Que lo siento. No sé de dónde nacen las palabras. Desde qué año de nuestra vida nacen. Ni sé a dónde van a caer. En cuál de todas mis hijas. En la que jugaba sin preguntar a mis pies. En la que se encontró con la bofetada de la verdad en una bronca juvenil: Tu padre no se murió cuando te han dicho, lo mataron, pregunta a tu madre por qué. Ser madre no es fácil, y no sé si te lo he dicho antes, pero sueno como si me repitiera. Todas tenemos tardes difíciles. Todas dudamos. Todas tocamos alguna vez la desesperación. En realidad, sueno como si repitiera un secreto evidente gritado por generaciones de madres a las que no se ha prestado atención. Pero tampoco es esto, le digo. No puedes alejar a tu hija de ti.

Sí puedo. Lo he elegido. Necesito salvarme. Tú me alejaste de lo que te pareció. En este caso, la violencia soy yo: la violencia es mi amargura.

Entonces abre su cartera y saca una fotografía reciente de la pequeña Ruth. Me la extiende sin conseguir mirarla. Es igual que tú, le digo. Ya no es un bebé, es una niña. La nariz pequeña y los ojos rasgados, casi orientales, más claros aún que los nuestros. Los mofletes rojos y brillantes. Pero tiene el pelo liso y claro de él y le nace en la frente con un pico en medio casi platino. Sonríe con la boca enorme y dentro todos esos dientes brillantes y nuevos. Paso mi mano por su cara como si de verdad pudiera tocarla.

Me hace un gesto y me dice que me la quede.

¿Y qué pasa con Iván?

No responde.

¿Estás mezclando las cosas? Nadie te ha dicho que tengáis que ser una familia como las demás. Tu hija os tiene a los dos.

No puedes dejarla atrás. Tú eres su madre. Nadie te dice que tengas que estar de ninguna forma. Nosotras fuimos dos, nada más. Estaban los abuelos, pero éramos tú y yo.

Por eso, *ama*. Por eso.

Se cierra el abrigo y se encara a la barra, deja un billete en el plato de metal. Me quita la bufanda de las manos y se la enrosca dos veces en el cuello. El borde de la bufanda acumula lágrimas que se quedan prendidas sobre la lana roja sin llegar a romperse.

Sale.

Y la veo alejarse por la calle.

14

OCÉANO MAR

(Adirane)

Pasea por uno de los muelles del puerto. No está pensando. No de forma verbal. ¿Así que esto era? Cuando ella le pedía una razón para entender lo que les pasaba, le suplicaba que buscara dentro, ábrete y encuentra, le decía, explícame tú, no tengo que ser yo siempre la que tire de esto: dos tazas de café vacías sobre la mesa, la casa tomada por los juguetes. Dime qué hacemos. ¿Qué es esto? Nosotros es esto. Pero no había ninguna aceleración. Ningún resorte saltaba. Y él le respondía que no tenía pensamientos que pudiera expresar. Que no sabía hilarlos. Que era una sensación entre las costillas. ¿Estás angustiado? Si acaso miedo. Te tengo miedo, le dijo una vez. ¿Era ella alguien a temer?

Ha dejado a su madre en el bar, a punto de decirle algo probablemente inteligente, un consuelo de palabras. La ha dejado con esa pequeña granada de mano en su palma sin estallar. A veces es mejor no saber, *ama*.

No quiere encontrarse con nadie. Busca en los bolsillos y, entre restos de galletas y las instrucciones de montaje de la sorpresa de un Kinder, encuentra unas monedas. Las suma y paga el peaje de la motora y cruza al barrio del Este. La campana de la iglesia suena una vez. Van con ella un niño y su madre y su abuela. No son de aquí. Están de visita. Madrid, quizá. Esa forma recortada de decírselo todo. No se parecen, pero la forma de la cara, una dulzura de las líneas, se repite de la una a la otra y al niño. El silencio del muelle recoge sus movimientos rápidos y esa conversación extranjera en la bahía. Todos con sus chubasqueros azules. Los zapatos húmedos. El niño se inclina de pie sobre la barandilla de la barca y la madre lo apresa como si de verdad fuera a caerse por la amura, como si existiera la posibilidad de que el niño se le escapara, se oyeran un par de gritos y después se perdiera bajo el agua. Agua, agua, dice el niño. Eso es lo peor, que sí puede pasar, piensa ella. Y dice que sí con la cabeza sin darse cuenta. Que hay niños que caen al agua en una mañana de excursión y a los que no se vuelve a encontrar.

Es algo simple como la gravedad. Las posibilidades más oscuras de cada verdad pesan en el fondo de los ríos.

La abuela del niño le sonríe como disculpándose porque la madre pronuncia tantas veces el nombre, le da órdenes inquietas, desea alcanzar ya la orilla y rompe la tranquilidad de ese miércoles: Pablo, estate quieto, te puedes caer al fondo y yo no me voy a tirar a por ti, le dice. Sí te tirarías, idiota. Claro que te tirarías, con el bolso cruzado, las botas australianas que se hincharían de agua y ese teléfono caro con el que intentas haceros fotos con la mano que no aprieta la cintura del niño.

Irías de cabeza detrás de él.

Bajan de la motora y, al otro lado, la pasarela de tablones desemboca en la plaza de la que arranca la única calle que discurre paralela a la ría. La lluvia ha despejado las mesas de las terrazas junto al embarcadero. Va hasta el final del callejón y toca la pared y da la vuelta.

Por mí. Casa.

El mar pega fuerte sobre las balconadas de los restaurantes.

Los tejados a dos aguas, cuya bisectriz parte los edificios en dos y traza una línea entre las viviendas, con los marcos de las ventanas y las barandillas de los balcones todos de diferente color, pintados con los sobrantes de las barcas. Sobre la puerta de la taberna, una red de pescadores y una cesta de mimbre, una boya antigua, una taza de peltre, objetos viejos colgados que indican algo: aquí se bebe pensando en el pasado.

La ropa se moja en las cuerdas de tender, se tiñe de oscuro, las sábanas dan bandazos contra los balcones. Junto a una colección de pantalones de diferentes tamaños: *Euskal Preso Eta Iheslariak*. Saca la cámara y baja unos peldaños hacia el agua. Están completamente cubiertos de verdín y le cuesta mantener el equilibrio. Graba durante algunos minutos. Graba las olas pegando en los bajos de las casas. Graba la motora alejándose vacía y una escalera estrecha, entre dos edificios, que trepa hasta el monte. Al fondo, en un muro pintado de blanco sobre el que cae la hiedra, aparece escrita en negro y mayúsculas la palabra tortura. Una línea roja la atraviesa.

Siente un pinchazo de dolor en el vientre y la humedad pegada a sus pantalones. También su propia humedad, esa descarga de calambres inesperados de los músculos. Pero no va a volver ahora, tiene que dejar respirar a su madre, necesita estar un rato sola, y sale del pueblo y toma la ruta de la costa, que avanza serpenteando hacia la bocana del puerto. Se para en una pared de piedra a la que le han recortado una ventana. Como en una lámina, el Cantábrico asoma con espuma y movimiento manso. Siempre esa frontera líquida. De aquí para allá, arreglaos vosotros, parece recordar. De la orilla hacia dentro, la ley de las tormentas.

Recuerda los paseos por ese mismo camino junto a sus abuelos, una, dos y tres, salto. Y los abuelos, cargados, frágiles, los tobillos cansados, tiraban de sus muñecas hacia arriba y ella conseguía saltar un desnivel o un charco. Ese esfuerzo constante por mostrarse felices. Le parece sentir en su mano la aspereza de la mano de su abuelo, la anchura de la palma y las falanges cortas y callosas. Y la tersura siempre en las de su abuela. La piel resbaladiza sobre los huesos. Nada más que una mano sobre otra mano sobre otra mano. ¿Es eso una familia? Y duda profundamente de que ese hombre y esa mujer tuvieran alguna vez una renuncia verdadera. Y cómo se tomaron siempre tan en serio y, a la vez, con tanta alegría, la obligación de quererlas a ella y a su madre por encima de todo lo demás.

Intenta no pensar en el dolor de tripa, pero empieza a descender como una descarga hasta las rodillas.

A él no le importaba la sangre. Sobre todo, al principio. Ni que tuvieran que cambiar después las sábanas. No le importaban sus descuidos por la casa: la mancha sobre la silla, el tampón envuelto en papel sobre la cisterna, el sabor a hierro del sexo. Piensa en él con algo parecido a la ternura y salta los años y hace un esfuerzo por regresar al primer comienzo, el resbalón sobre el paso de cebra agarrada tan fuerte a su brazo que cayeron los dos borrachos en San Bernardo. Las horas que pasaron tirados en un colchón sobre el suelo porque no tenían dinero ahorrado para comprar el somier ni el sofá. Todas las películas que vieron en aquellos días, *Eternal Sunshine of the Spotless Mind, Hierro 3, Tideland, Pulp Fiction* mil veces repetida. La saliva cambiando de piel sobre la almohada durante horas. La mano en el cine, dentro del pantalón. El recorte de la silueta de él de madrugada sobre la silla guardando imágenes de vídeo de ella en un disco duro. Los miles de correos a todas horas, también dentro de la oficina, mirándose por encima de los cubículos blancos. Cuando cocinaban platos diferentes para meter en los túperes y que nadie sospechara en el comedor. Quedando en la esquina a la salida y corriendo a casa. Todo lo que a él le gustaba de ese secreto al principio, vivir como si existiendo juntos se jugaran algo, como en las películas de espías.

Recuerda también la torre de libros leídos junto a su cama que hacía de mesilla y que ella derrumbaba cada amanecer, cuando se levantaban para salir corriendo a la productora. *La información* de Martin Amis con el billete de viaje sencillo incrustado en las páginas. Enero de 2008. *El pasado* de Alan Pauls terminado solo por él; nunca por ella. En este libro no pasa nada, pero es una maravilla, decía. *Océano mar, Manituana, 62 modelo para armar,* todos aquellos libros de tapa blanda de Terry Pratchett. Este sí que tienes que leerlo, insistía, sosteniendo desnudo y entre las manos *El día del Watusi*: es el mejor libro escrito aquí en los últimos cincuenta años, mínimo. Pero ella nunca lo leyó. Muchos años después, todavía tomaría algunas veces ese mismo ejemplar de la estantería, donde ya se mezclaban los libros de los dos, en busca de una pista, de algo revelador. Y encontraría dentro una decena de aquellas propagandas que le daban en la boca del metro: magos, brujería, médiums. Pequeñas fotocopias cuadradas de timos esotéricos de principios de siglo.

Se metieron el uno en la vida del otro sin precauciones. Esta es mi familia. La mía está lejos, al norte. Pero también viajaron para conocerlas. No durmieron en la casa, apenas tomaron un café con su madre y su abuela en el paseo. Todos estuvieron bastante callados. Ella se recuerda desnuda sobre él en la cama, mirando el mar por la ventana del hotel más alto del monte. Él, que nunca sabía hacia dónde estaba el puerto, hacia dónde la playa. Y ella le explicó que su pueblo estaba partido en cuatro. A un lado del río, la postal de aldea, abertzale, euskalduna. Enfrente, la hilera de casitas de los pescadores. A las faldas del monte, las casas que se construyeron debajo del caserío para alojar a los marineros que llegaron durante el auge de la industria pesquera, el barrio de los gallegos. Después, el pueblo obrero donde viven su abuela y su madre, que nace a los pies de la regata del río y se extiende hasta los muelles nuevos. Atrapado bajo un puente del tren y la Marealta. Es difícil, ya lo sé, y se reía de él.

¿Hacia dónde queda el mar ahora?

Por allí, respondía.

Pero, piénsalo, hacia allá es Francia, ¿entonces? No nos confundas. Mira, aquí es el pueblo. Y entonces ella se cruzaba en cuatro pasos la calle: Y aquí, ya es la ciudad. En aquel viaje, una tarde, ella empezó a sentirse mal. La fiebre subió por encima de treinta y nueve y durmió casi un día entero. Cuando se despertó, era su madre la que estaba sentada a su lado sobre el colchón y le cambiaba el paño frío de la frente. ¿Tienes placas? No puedo tragar, *ama*. Él fumaba de espaldas a la habitación, en la terraza.

¿Por qué tuvo que llamarla?

El primer golpe real se lo llevaron con la pérdida del primer embarazo. No pasaba nada. Seguían siendo dos. Ella se liberó del peso que había cargado casi nueve meses. Un rasguño, apenas nada. Poco después, la despidieron de la productora y empezó a trabajar desde casa. Pasó muchas mañanas sola. Aceptaba todo tipo de trabajos, publicidad, recursos, lo que fuera. Pero ella quería hacer documentales, quería contar.

Entonces dijeron ahora. Y llegó Ruth, llegó la niña y la atrapó. Ellos dejaron de dormir y también dejaron de verse. No sé por qué llora tanto. No puede ser que tenga más hambre, decían, acaba de comer. El amor cambió de dirección y convergía en un punto externo a ellos. El epicentro de una mujer a la intemperie desplazado a un cuerpo pequeño que proteger. Él ayudando como podía. Él no llegando. No estando. Él, con pies de plomo, no queriendo nunca despertar a la fiera. Luego, la resaca deforme de los somníferos. Solo he tomado medio, solo un cuarto, solo las migas que quedaban en la caja. Cualquier paso en falso se convertía en una discusión que se arrastraba durante días. ¿Era eso dejar de quererse?

El pasado se levantaba dentro de ella como una huella orográfica y lo pronunciaba sin pensarlo dos veces: ¿Y si no me doy cuenta y la niña se cae al agua? ¿Qué agua?, le preguntaba él. No sé qué agua, no lo sé. Como Matías. ¿Qué dices?

Él también dejó de mirarla. Nunca más piel. Nunca más ojos. Solo dos adultos organizando los cuidados de un cuerpo pequeño que fue estirándose y ocupando un espacio cada vez mayor. El único espacio posible, hermoso y aterrador, entre un hombre y una mujer que crían y quieren a alguien nuevo. Y ella cada vez más fuera.

Cuando está pensando que no hay vuelta atrás, que lo único que podía hacer era marcharse, cuando piensa que tal vez pudieron enderezarlo todo en algún momento, pero ya no, frena en seco delante de una placa blanca con información. La mira durante varios minutos, pero no está leyendo. Sabe perfectamente lo que cuenta. Regresa la conciencia y pestañea para humedecer las córneas y mira más allá: la silueta blanca sobre la roca de cuatro hombres que murieron tiroteados por la policía en ese punto del camino. Sabe que también murió un animal. Que les dispararon a todos a bocajarro. Más de veinte orificios en los cuerpos. Que se oyeron los disparos por toda la bahía. También en su casa. Que el abuelo se asomó a la terraza. Entra para dentro, Miguel, por favor. Ella misma oyó la ráfaga. Que a aquello siguieron días aún más oscuros. Que la oscuridad tardaría mucho en marcharse. Que su madre no habló en todo aquel día.

Vibra el teléfono dentro del bolsillo del abrigo y sobre el muslo. Sí, sí, no te he respondido, pero nos vemos, acompáñame a ver de dónde partió ese barco. Pero solo si quieres. Puedo ir sola.

En la motora, de regreso, la familia de tres parece enfadada. El niño duerme sobre el hombro de la madre con el gesto desarmado de los confiados y la abuela y la madre miran cada una a un margen de la bahía. No se hablarán al descargar el carro del bebé en el muelle, pero ejecutan y sincronizan los movimientos como un equipo muy bien entrenado.

Se alejarán juntas. En silencio.

15

LA MUÑECA DE CARA DE CHINA

(Ruth)

¿Sabes lo que me gusta de los niños? Que no se compadecen de sí mismos. No se tienen pena. Están como en otra realidad más simple. Pero, no te creas, son capaces de detectar cualquier tristeza de los adultos. Puedes engañarlos, pero no se les pueden guardar secretos. Se dan cuenta de la violencia, aunque no hablemos de ella cuando están delante. Esos silencios se les quedan. Es algo de la supervivencia. Somos animales. No somos otra cosa más que animales. Y es como si se fueran haciendo marcas en nosotros y en ellas se acumularan los años. Mírame a mí. Y un día, sin darte cuenta, cuando estás visitando a un familiar lejano o te sientes desprotegido, cuando estás como fuera de lugar, zas, te encuentras ante una angustia que no esperabas. Entonces, el adulto se da cuenta de algo que estaba ahí, como si abriera una caja, y se acuerda de algo y reconoce el origen. Lo reconoce con agobio. Como cuando de pronto te acuerdas de una deuda que te has olvidado de pagar.

Cenábamos pollo en Nochebuena. No lo asábamos porque no teníamos horno. Mi madre nos mandaba a robar almendras a los caseríos. Ella llamaba a todas las puertas del vecindario hasta que conseguía cambiar un par de pescados frescos por cuatro huevos. Las claras las usaba para la tortilla. Con las almendras picadas y la yema dura preparaba una salsa en la que cocía la carne. La almendra se reblandecía. El pollo se teñía de amarillo. A nuestra casa no venía el *olentzero*, ni los Reyes Magos. No venían las vecinas. No teníamos a qué invitar. El último año que pasamos juntos, nos regalaron una manzana de sidra a cada uno por Navidad. Esperé tanto para comérmela que el día en que me decidí a abrirla estaba picada por los gusanos.

En esa casa no había desorden porque no había cosas que desordenar. No teníamos ropa de domingo, así que no nos arreglábamos para cenar. Pero mi madre nos atusaba el pelo antes de sentarnos a la mesa y nos echaba unas gotas de agua de lavanda y bergamota que mi padre le había traído de un puerto de Francia. Ponía los dedos sobre la boca del frasco para que no se escapara nada de líquido y nos los pasaba por encima del pelo. Luego, volvía a esconder el bote debajo de la cama para protegerlo de la luz.

Esa noche, mi madre cantaba. Se juntaba con su hermana a última hora y convertían las canciones en una obligación a la que todos teníamos que asistir con buen ánimo. Corro de sillas. Botella vacía de anís. Almirez y majador. Sin turrón, ni polvorones. Mi madre cantaba mucho antes de la guerra. Luego, ya se calló. De pequeña, en su pueblo, habían tenido unos vecinos gaditanos y les habían enseñado canciones populares que no tenían nada que ver con las fiestas. «El cura no va a la iglesia, dice la niña, ¿por qué?» Si la estufa se apagaba y ya no quedaba leña para la recarga de ese día, cada uno a su casa y nos acostábamos. «Porque no tiene zapatos, zapatos yo le daré. *Ora pro nobis, kirie leison.*» Harina de cacao en agua y sin churros para el desayuno del día uno de enero.

En esta foto, estamos en la puerta de la iglesia para la misa del Gallo de 1935. La única vez que fuimos. Mi padre lleva a Matías dormido como un cordero al hombro. Después de la misa, nos dejó en casa y no volvió hasta la mañana siguiente. Mira a mi madre, solo tiene veinticinco años ahí: tiene tres hijos y tiene a ese hombre.

Yo no había tenido cosas.
Pero tampoco había deseado tener cosas.
No entendía lo que significaba ser dueña de nada.
Mi vestido de percal había sido antes de mi hermana. Sí eran míos el par de zapatos y sus cordones, iguales para el verano y para el invierno, deformados por mis huesos planos hasta que el calcetín asomaba por la suela gastada o los dedos se apretaban tanto en la puntera que no podía caminar. La mancha de humo de la pared y la estrechez del colchón para los tres cuerpos no tenían importancia. No la tenía vestirnos igual durante una semana. Pero cada noche, antes de irse a dormir, mi madre nos limpiaba los zapatos a todos cuando ya estábamos acostados y los dejaba junto a la estufa para que perdieran la humedad y estuvieran calientes al día siguiente.

La primera Navidad que pasamos en Châtelineau, nos dimos cuenta de que todo lo que habíamos vivido en el pueblo era miserable. Sí, sí, miserable, eso digo.

A primeros de diciembre, Sinterklaas me dejó una caja de chocolatinas de diferentes amargores y una muñeca con la cara de china, de porcelana, y el cuerpo de cartón y trapo y dos piernas larguísimas para ese cuerpo. Cómo me gustó. Por primera vez, tuve un juguete y era solo mío. Algo que había sido construido expresamente para jugar. Y no un aro de alambre. Y no un cabo de barco encontrado en el muelle.

Esa muñeca era para mí una niña de dos o tres años con un vestido de flores con canesú y cuellos blancos. Tenía la cara redonda y pálida como una actriz americana. Unos ojos azules enormes, enmarcados por líneas negras y siempre abiertos, permanentemente sorprendidos, y la boca muy pequeña y pintada de rojo. Llevaba unas pequeñas medias blancas y zapatos de papel maché. Si ponía la muñeca en el suelo, me llegaba más arriba de la cintura. Dormía con ella, la sentaba a la mesa, la sacaba al jardín bajo el toldo y me imaginaba regresando a la casa en el tren agarrada a su cuerpo tieso y luciéndola después por La Alameda. Aquella muñeca me quitó mucha pena.

La llamé Marie.

A finales de noviembre, nos llevaron a la plaza para ver el mercado y a Sinterklaas. Hicimos una fila y cuando me tocó el turno me agarré a la mano de la madrina.

No, mejor, no, le decía. *Il ne vaut mieux pas.*

Ivo nos cogió a Amelia y a mí de la muñeca y nos plantó delante de aquel hombre vestido de obispo blanco y rojo. Estas niñas vienen de la guerra de España, le soltó. Pues a España nos llevamos a los niños que se portan mal. El obispo ese y sus ayudantes negros podían devolverme a mi país. Eso sí que no me lo esperaba. ¿Me habían llevado allí para devolverme? No te creas que yo tenía muy claro si ese hombre era de verdad Sinterklaas o qué era. Pero me miró y me dijo: Creo que te has portado bien, ¿verdad? Yo no le respondí.

Une sage jolie fille. Sí, sí, decía Ivo. Es buenísima. *Une grande poupée* para ella.

Y llegó la *poupée.* Unos días después, cuando nos levantamos, junto a la chimenea estaba mi muñeca.

Ahora te voy a hablar de algo que sabes. Cierra la puerta. No es por tu madre. Es que no quiero que se oiga. Como si no estuviera el miedo ya ahí. No te acordarás de la primera vez que te lo conté porque tu madre luego impuso un silencio total. Que para qué esas historias. Que ahora la niña vuelve a dormir en mi cama. Que ya está bien de lo antiguo. Que no se habla de lo que no existe. Que eso no es más que ruido.

No te creas que a mí me encanta contarlo. Y menos ahora. Tu madre a veces se pone demasiado recta con lo que no tiene sentido. Ella sabrá. Debería haber sido científica y dejarnos averiguar a los demás por qué hay esos agujeros incomprensibles dentro de la vida de cada uno. La suya también los tiene. Otra cosa es que no los cuente o que mire para otro lado. Además, de nada sirve la tenacidad para olvidar las cosas que nos impactaron. Tu madre ha tenido mucha aversión a lo pasado. Y mira, de eso no se puede escapar. Tu propia memoria necesita de la suya. Al final, aquí estás otra vez, pidiéndome que hable. Pues te voy a hablar. En la casa de Elise pasaban cosas para las que yo no he sabido encontrar explicación. No todavía. A lo mejor, no sé, lo descubro enseguida.

El tiempo fue pasando y nosotras cada vez nos sentíamos mejor con Ivo y Elise. Ellos no habían podido tener hijos. Algunos años después, cuando Elise ya había muerto, en una carta, Ivo nos contó que perdieron varios embarazos por un problema que ella tenía en la sangre. Formaba coágulos que iban a parar al corazón del bebé. Le pasó como a ti, que uno de ellos se murió ya grande dentro de la tripa de Elise. Dejó de moverse. Lo parió en casa. Era un chico enorme, eso dijo Ivo. Y ella no quiso intentarlo más.

Ellos sabían que nuestra presencia allí podría terminar en cualquier momento. Que solo iban a cuidarnos durante una época y formaba parte del acuerdo dejarnos marchar.

No les quise como a mis padres, eso no, aquello no nacía de la víscera, pero a lo mejor solo fue cuestión de tiempo. Aquella época en mi vida y en la de mi hermana fue importante. Un paréntesis de pena y alegría a la vez. Si todos los años que he vivido fueran un puzle, aquel exilio sería una pieza muy grande para los pocos años que fueron. Tú sabrás cómo colocas tus piezas, es muy pronto para eso.

Pero la falta de noticias de la familia pesaba mucho. Me

sentía culpable cuando abría la boca y hablaba francés cada vez con más naturalidad, cuando pisaba descalza las alfombras tibias de la casa, cuando me lavaba la cara con una pastilla de jabón. Era imposible que a cada cucharada de sopa caliente que me metía en la boca no recordara la boca de mugre de mi hermano. Todo lo anterior empezaba a transformarse en una película de cine mudo donde las escenas se iban emborronando y cada vez tomaban más velocidad.

Qué te pasa, *petite*.

Y yo: *Rien.*

Una tarde, estábamos jugando a la cuerda en la huerta y en uno de los saltos, al clavar los talones en el suelo, me pareció que dentro se me había roto algo. Amelia me acompañó al baño y se quedó esperando al otro lado de la puerta. Ruth, ¿qué? Pasa algo, Amelia. Abrí la puerta y ella se rio y me dijo: Sí, pasa, que ya eres mujer. ¿No lo era antes? En mis bragas había una mancha marrón oscura. Amelia me las envolvió en papeles y me dijo que tenía que contárselo a Elise para me diera algunas toallas y gasas. Pero no me atreví. Pasé esos días pensando que me iba a morir y caminando con la espalda pegada a las paredes para que nadie notara el bulto de papel que llevaba entre las piernas. Me sentaba en el borde de las sillas para no mancharlas. Cuando me levantaba, siempre una mirada rápida hacia atrás. Voy a morirme, Ame, y madre no te dejará volver con una niña muerta. O te pegará.

Claro que no me morí. La madrina me abrazó cuando se lo dije y me estuvo explicando algunas cosas con mucha torpeza. No me enteré de casi nada. Sí de que sangraría cada mes, aunque a la vez yo siguiera jugando durante horas con mi muñeca, aunque una parte de mí creyera en Sinterklaas. Tenía todavía un pie en el mundo de los niños, pero una puerta se había abierto y cada veintiocho días, como las mareas, echaba de menos a nuestra madre, incisiva y profundamente.

No podía creer que mi madre, mi hermana, Elise y todas

las mujeres que había conocido me hubieran ocultado una cosa tan importante. Y, sobre todo, no podía creer que esto solo nos pasara a nosotras. Quién se iba a acordar de explicarle eso a una niña en medio de una guerra. A una niña que crece lejos de su casa, quién iba a hablarle de nada.

En el otoño de 1940, meses después de que acabara la guerra, Elise se dio cuenta de que yo ya no era la niña rebelde que llegó, que aquella indocilidad estaba desapareciendo, dando lugar a algo peor, a la tristeza. Así que decidió volver a escribir a la familia exigiendo noticias. Las niñas están bien, pero quieren saber. Nadie respondió.

Cuando pienso en aquello, se me pone rígida la espalda, mira las manos, no puedo abrirlas. Es un escalofrío. No es miedo. Es otra cosa.

Tú sabes que nosotras no rezábamos. Acaso nos persignábamos con desmaña.

Amén, decían. Pues amén nosotras.

Cuando tienes urgencia por llenarte el estómago, se te olvida que puedes alimentar también otras partes. Pues esa noche Amelia tuvo algo de fiebre y daba vueltas en la cama. La ayudé a cambiarse el camisón empapado. Le traje un vaso de agua y la desarropé para que bajara la temperatura. Tenía las mejillas con dos chapas amoratadas y calientes y las manos heladas. Elise había estado toda la tarde con ella. Será mejor que duerma. Vigílala, *petite*.

Me senté a los pies de su cama y empecé a hablar para distraerla. ¿Te acuerdas de cuándo apareciste toda blanca porque te habías caído contra los sacos de la harinera? Mamá dijo que, si pudiera, te freiría en la sartén. Con la flaqueza de la memoria de los pocos años, recordamos también el temblor de las bombas, cómo habían ido desapareciendo los hombres de las casas, la feria suspendida de aquel verano, las calles cada vez más vacías. Antes de meterme en la cama, le dije a

Amelia que le iba a hacer una infusión con miel. Y bajé las escaleras a oscuras. Desde el recibidor, oí la voz de Elise en el comedor. Parada en el rellano, vi cómo la puerta de la calle dio un portazo. Ivo se alejaba de la casa bajo el paraguas. Pero Elise seguía hablando y hablando.

¿Y con quién?, dirás.

Volví a subir porque me pareció raro. Parecía que había alguien con ella. ¿A estas horas? Es imposible, nunca nos visitaban después del atardecer. Le di la mano a Amelia y le hice un gesto para que no hablara. Fuimos bajando poco a poco los peldaños. De puntillas. Como si nuestro cuerpo pequeño fuera capaz de hacer algún ruido contra la moqueta mullida. Todos los dedos de nuestros pies hundiéndose en la lana clara del suelo.

Las puertas del comedor estaban cerradas, pero quedaba entre ellas una leve ranura. Dos velas altas iluminaban la habitación. Elise estaba de espaldas a nosotras, sentada en una silla. Tenía las palmas extendidas sobre la mesa y la cabeza apoyada en el respaldo. Estuvo mucho rato en silencio. Pero luego empezó a hablar otra vez, primero en voz baja y sin que pudiéramos entenderla, hasta que gritó: Cristales, cristales. Y luego cristales y el niño tiene tos. El niño tose. Cristales, cristales. Y mandaba callar a alguien agitando la mano arriba y abajo. Y decía que silencio. O mandaba a alguien que mandara callar a otra persona. Nos asustamos, porque en la voz de Elise había una cavernosidad diferente, surgía de un lugar más profundo que su garganta.

Yo no sé, te digo, qué estaba pasando allí, al otro lado de la puerta. Si me preguntas, hoy en día, no sé explicármelo.

¿Estaba loca Elise? Ni idea.

Por la mañana, cuando bajé para anunciar que Amelia estaba mejor, me la encontré sentada en camisón delante de una taza de café en esa misma mesa del comedor. Aquella mujer no había dormido. En el centro, había un balde de cristal lleno de agua. Me sonrió y extendió hacia mí un papel doblado. En ese papel, en una letra casi indescifrable, había escrito:

Vuestra madre ha vuelto a casa.

Vuestro padre no.

Todo está quieto. Todo está mojado.

Va a llegar una carta.

Me sonrió y se levantó y subió a su dormitorio. No volvimos a verla en todo el día. No pregunté nada más porque entendí que en el silencio de Elise había algo que no se podía abordar. Agradecí que mi hermana hubiera decidido acompañarme en aquella expedición; si no, habría pensado que todo había sido una pesadilla. O que yo también estaba enferma y las dos delirábamos. Amelia y yo nunca insistimos.

Después, fuimos testigos de cómo algunos hombres y mujeres llegaban de noche, cuando nosotras ya estábamos en la cama, y ella les hablaba, con la cabeza siempre echada hacia atrás en la silla y las manos abiertas sobre la mesa, todos los dedos extendidos, de gente que habían perdido, les anunciaba la cura de enfermedades, cuándo iban a encontrar a alguien que les quisiera. Elise nunca decía nada malo en aquellas sesiones. Ivo siempre se marchaba.

Si te digo la verdad, no sé bien qué parte llegué a comprender cuando era niña y cuál no y qué parte entiendo ahora. Qué asumí como una forma de vivir en esa casa. He renunciado a encontrar las razones. Qué de todo aquello no me importaba conocer. Pero nunca tuvimos miedo. Porque Elise no daba miedo. Jamás nos metió miedo, no existieron las amenazas. Nada de eso llegaba a trascender hasta la luz del día. Amelia y yo grabamos aquellas palabras con nosotras y guardamos el papel.

Ábrelo, es ese que tienes ahí. Fíjate desde qué antigüedad vienen esas palabras.

La carta llegó. Nuestra madre no se extendía demasiado. Se alegraba de que sus niñas estuvieran vivas, sanas, agradecía todos los cuidados de Ivo y Elise. Contaba que su hermana había tenido otro niño. Que sus hermanos seguían en prisión. Que nuestro edificio volvía a estar, poco a poco, habitado. Y que pronto podríamos estar todas juntas.

Aquella carta inició una cuenta atrás.

Cuando la segunda gran guerra tocó Bélgica, nos despedimos de Elise y de Ivo y regresamos a España. Elise lloró desde días antes de que nos marcháramos. En la estación de trenes de Bruselas, antes de subir al vagón, me entregó a Marie. Le había cambiado el pelo de lana por mechones de su propio pelo rubio. Si me acercaba la cabeza a la nariz, podía aspirar el olor del jabón de Elise.

Otra vez, dejábamos atrás un país cercado por la guerra.

Muchos años después, subí la muñeca al trastero. Tu madre llegó a conocerla y jugó con ella.

Yo empecé a pensar que esa muñeca solo traía desgracias a las mujeres.

Jamás, ya sé que lo sabes, pero jamás pongas un balde de agua sobre una mesa.

La muñeca la puedes buscar, estará arriba. Ve a por ella si quieres.

Tú sabrás.

16

EL INTERIOR DE LOS HUESOS

(Adriana)

Puede ser que tuviera los ojos más grandes que yo haya visto en una cara. La esclerótica: limpia y brillante. El iris marrón niño. Marrón nuevo. Perfección del globo de los ojos y descarga de la mirada. Se dejaba crecer la barba durante semanas y conseguía parecer un náufrago que había caminado desde el mar hasta la universidad. Podía hundir los dedos en esa barba tupida. Entonces, cerrábamos los ojos. No como una constante entre los dos, porque no hubo tiempo para la costumbre.

El pelo le caía por encima de las orejas liso desde una raya recta de la mitad alta de la cabeza. Y le cubría por detrás el cuello de la camisa. Siempre desgastado el cuello, siempre la tela blanda de la camisa de un uso tras otro. Pero nunca lo suficiente para tirarla y comprarse otra. Las perneras cortas por encima de la lengüeta de las zapatillas. Los tobillos flacos. Las muñecas flacas. Ya tenía canas recién cumplidos los veinte: en las sienes. Luego estaba la boca, con los dientes de arriba algo empujados hacia delante por la más que larga succión a un dedo infantil. Una paleta rota en una esquina por un accidente con la bicicleta, el otro montado.

Cuando se tumbaba, a veces ponía las manos entrelazadas bajo la nuca y cruzaba una pierna sobre la otra y balanceaba el pie que quedaba suspendido. Era como un hombre insecto, un nadador en reposo, una araña de largos huesos doblada sobre sí misma. Los hombros alejados el uno del otro, con soberbia, determinantemente erguido. En el centro, un núcleo muy denso. Siempre sonriendo con toda la boca. Peligroso cuando se quedaba en silencio. Olvidadizo de los afectos. Tan determinante con sus ideas que ya entonces daba miedo. Abierto con los desconocidos, pero hasta una línea. En esa fragilidad, en esa elegancia de los movimientos o delicadeza no premeditada, en esa largura de sus miembros, se escondía la disidencia. Nunca dio un zarpazo desconvencido. Equivocados, casi todos.

Le conocí como se conoce a mucha gente, en la facultad de Letras. Era septiembre de 1975 cuando nos cruzamos. Había mucho malestar. La dictadura moría matando. Cuando acababan las clases, muchos seguían allí reunidos. Escribían frases en las pizarras. Se subían a las mesas a gritar consignas. Él no era de esos. Lo suyo era silencioso. Cuando empezamos a vernos, me contó algunas cosas. Y como yo hablaba francés, hacía pequeñas traducciones para ellos. Nunca supe quiénes eran sus amigos. O de dónde era su familia. Por las tardes, yo estaba cansada y volvía a mi casa y él no se iba a ninguna casa. Empezó a desaparecer por largas temporadas. Y volvía después y cada vez era todo más cortante.

Yo no era una idiota que se había encontrado con la cabeza hueca. Yo venía de aquí, del recodo del río, de las madrugadas, del humo y del hierro. Pero, incluso antes de saber que ella ya existía, me empecé a alejar.

No digo una palabra. Solo pienso en su padre sin decir una palabra mientras preparo la cena. Me gustaría decírselo. Aproximarme a la verdad. Pero la verdad ha sido tan destartalada que no sé cuál es. Tener veinte años. Él, veinticinco. Creer frugalmente en algunas consignas. Cuánto dolor después.

¿Qué hubiera podido hacer? Yo nunca volví a tener más causa que protegerla. Y a él nada le habría parado los pies. Tampoco un hijo. ¿Podría haberle detenido? ¿Podría haberla detenido ella? Siempre he pensado que valía la pena averiguarlo. La espiral se los fue tragando con cada vez menos razones. Esquivar las noticias. Jamás volver a indagar. Perfil bajo. Vida a la sombra. Eso he sido yo. Cuidar de ella lo que no pude cuidar de él. Y, aunque tarde, ella acabó descubriéndolo. Que él existió de esa forma. Tuvo que hacerse algunas preguntas difíciles. Yo no tuve ni tengo mucha respuesta. Y elegí el silencio para protegerla. Y ahora estoy segura de que me equivoqué.

¿Cree que no me pesaba? Era un centro gravitacional invisible sobre el que orbitábamos las dos. Al principio, ella no preguntaba demasiado. No con insistencia. Entendí que lo que le contó mi madre después de que viniera aquel día del instituto llena de preguntas valdría. Pero regresaba una y otra vez, dime algo, quiero saber. Y yo no quise decirle más. No pude decirle nada más. No tenía nada que decir. Ahí tenía el camino: Recórrelo tú si quieres. Y dio algunos pasos acercándose a lo que él fue y alejándose de nosotras. Y a lo mejor se dio cuenta de que no había tanto que encontrar. Y que yo no podía darle ninguna realidad alternativa. Que la violencia es en su fondo siempre mucho más ordinaria que la heroicidad. Y ahora estoy segura de que que la heroicidad no es lo contrario de la violencia.

Mi madre lanza quejas al techo desde el sofá del salón con intención de que alguien vaya a atenderla. Toda la noche ha llamado a su madre en sueños. Hoy no está bien.

Mientras la oigo a través de la casa, veo cómo las escamas de los peces se recubren de una película brillante y tersa y les doy más vueltas de las necesarias. Los ojos se desorbitan. Los lomos se achicharran en la sartén. Ahora ya lo sabe: las madres, a veces, tampoco estamos donde decimos estar. Ahí está la mía, quién sabe si en algún invierno de los años cuarenta. Las madres también nos vamos, aunque tengamos los dos pies juntos metidos en unas claustrofóbicas zapatillas sobre una baldosa de la cocina. Me caen unas gotas de aceite hirviendo en la piel al sacar el pescado de la sartén. Abro el agua fría y meto el brazo y empapo un trapo de cocina y lo pongo encima. Está sentada a dos pasos de mí escribiendo en su libreta y no levanta la mirada de la mesa. Ahí está como carne y hueso que viene de entonces. Puedo quererla hasta la médula y a la vez contemplarla como el recuerdo de una equivocación detrás de otra.

Esto también es ella.

Todo eso también soy yo.

Y todo lo que me gustaba de él lo detesto cuando lo veo en ella.

Y al contrario.

17

HABANA

(Adirane)

Salen cerca de las diez de la mañana y cuando arrancan hay sol. Pero el mar empuja las nubes negras hacia el interior y el aire se carga. Han cortado la autopista que lleva de una ciudad a la otra. Así que toman la carretera de la costa. Tardarán el doble. No importa. Al menos, no a ella.

El bosque se levanta al otro lado del perfil de Jon como el telón de fondo de un escenario de colegio donde hubieran pintado hileras de pinos unos detrás de otros. Cada vez más pequeños, más desdibujados. Parece entonar una canción sostenida por voces de niños. Es el lenguaje de las montañas. Un coro perturbador. Es la voz que se arranca de las bajadas de curvas hasta el mar.

Ella solo le mira aprovechando los adelantamientos, haciendo que también vigila por los retrovisores de forma automática. Dice ahora para advertirle de que arranque, aprueba la maniobra, avisa cuando los semáforos se ponen en verde o cuando atraviesan un pueblo del litoral y le dice que deje pasar a un hombre por delante del coche. El hombre saluda por la cesión del paso y vuelve a llevar la mano al carro que empuja. Dentro de la burbuja transparente se adivina el calor, el golpeteo de las gotas contra la capota, el sueño plastificado de un niño. Él levanta la barbilla en respuesta y en silencio. Un martillo eléctrico percute el asfalto un poco más adelante. Las obras de la calle le producen cierta fascinación cuando ella está desalojada de las rutinas diarias. Como si previera que solo la vida de los demás fuera a continuar por un futuro de adoquines bien encajados. No la suya. Las rodillas de él van a pegar contra la carrocería por debajo del volante, te está pequeño este coche, piensa, ¿no le molesta ese roce constante de las llaves sobre la pierna?

Estás muy callada.

Tú también.

El otro día.

¿Qué? Ella sostiene la risa, pero no es gracioso. ¿Qué pasó?

Bueno.

No, piensa ella, no es todavía el momento de ponernos a hablar, le da pereza, queda mucho coche por delante. Quiere decirle que puede que él necesite un poco de aliento, afilar una conversación, pero que ella no. Que ya lleva bastante encima. Que hablarlo no va a transformar nada. Que ya está.

Y estira las piernas y vuelve a doblarlas. Se mira las botas, los bajos del vaquero arrugados dentro de la caña de plástico y aprieta un muslo contra otro y chocan las rodillas. Y cierra uno de sus ojos durante varios segundos y después el otro. La realidad parece moverse de plano, a derecha e izquierda. Luego, cierra los dos y la realidad desaparece.

Pasó, le responde. Solo un poco más cerca de lo habitual.

No vamos a hablar de esto, ¿no?

Ya. Pero me preocupa que fuese ahora.

Y por qué te preocupa.

No sé. No parece que estés muy bien.

Cómo que no parece. Sabes perfectamente que no estoy bien. Pero puedo estar mal y seguir sabiendo lo que hago. No me hables como si no supiera lo que hago. O como si tú no supieras lo que haces.

Entonces ¿lo sabemos?

Pone los ojos en blanco, pero él no puede ver el gesto. Se apoya en la ventanilla. El frío del cristal alivia el enfado. La carretera es estrecha. El mundo en el que habitan se retuerce frágil y menudo por la ladera de las montañas sin tocar el mar. La tierra guarda la vida abajo, fértil y mojada. Millones de animales silenciosos emprenden su camino hacia el exterior. Morirán en verano.

En ese lunes de febrero, dentro de un impermeable amarillo de pescador, mientras el coche da giros de ciento ochenta grados que recortan el monte, sin fijar la vista para no marearse, a casi veinte grados de temperatura, mira el horizonte e imagina un barco más de ochenta años atrás. Un barco de quilla roja y cuerpo blanco con una chimenea ancha que no cruza el océano. No llega a Nueva York. No atraca en el puerto de La Habana. Los equipajes de sus pasajeros son bolsas de tela de saco. Los bailes del salón principal son juegos infantiles. En su cubierta no fuman viajeros mirando el horizonte, nadie emprende conversaciones trascendentales. En su cubierta vomitan niños escuálidos que han dejado en el puerto a sus madres tristes, a sus madres solas. Es un barco lleno de gritos donde no cabe un cuerpo más. Barco hospital. Barco colegio. Barco casa. Que sigue paralelo a la costa, que asciende por el perfil de los países y descansa en las bahías. Que suelta de su cubierta, en un pequeño puerto francés, a miles de niños solos y hambrientos. Que los pone a salvo.

Piensa en si todavía podría existir la posibilidad de contarle esto a su hija cuando sea grande. Llevarla hasta el promontorio, señalar el mar: Mi abuela se marchó en ese barco. Le entristece la lejanía que se produce de forma irremediable entre las generaciones. Probablemente, su hija nunca podrá sentir pena o compasión por esas niñas. Como si a los niños de entonces no les doliera la soledad. Entonces piensa en su propia bisabuela y en cómo la historia se ha replicado de boca en boca y de lugar en lugar. Madres que entregan a sus hijos para ponerlos a salvo. En cómo ese episodio familiar se ha convertido en algo que ella carga como un alijo genético, como una coordenada rota. De aquí somos nosotras, le diría, y quién sabe qué entenderá entonces ella por aquí. Mira, hija, el barco fue construido ahí mismo, pero ya no existe, fue desguazado, como tampoco vive casi ninguno de los niños que gritaban en su cubierta.

No se da cuenta de que él se ha salido de la carretera ni de que para el coche en un descampado justo donde el camino deja de subir y comienza el descenso. Hay un pequeño asador con cristaleras grandes que dan a un precipicio. En un lateral, columpios de hierro de hace décadas se oxidan en la bruma. Entran, y varios hombres junto a la barra discuten sobre algo que aparece en televisión. Sus voces graves se meten dentro del silencio que ellos arrastran. Ella va al baño, y cuando regresa hay dos cafés sobre la mesa.

Mientras abre la boca para decirle que no quería tomar café, él sacude un sobre de azúcar con ímpetu y le dice que solo se preocupa por ella.

Pero ¿estás bien tú?, pregunta. Porque siempre cabe la posibilidad de que ese hombre, en realidad, solo quiera hablar de él un rato. Contar su historia. Admitir unos minutos de atención verdadera. Sentir pena de sí mismo junto a alguien que vuelve a ser nuevo, pero con quien existe algo familiar y antiguo. Y ella le consentiría que se ablandara. Y le miraría con algo parecido a la ternura. Le pasaría la mano por la espalda. Ya, te entiendo, le diría, te entiendo bien.

Estoy como siempre.

¿Resignado?

No. Bien. El trabajo me gusta, nada excitante, pero puedo manejarlo todo en la desaladora. En veinte años he pasado por todos sus departamentos. Y Nora: pues nos cuidamos el uno al otro. Ya no hace falta lo que hacía falta antes. Hemos vivido muchas cosas juntos. Dudas no hay.

¿Quién dice que tengas dudas? ¿Nunca habéis querido tener hijos?

¿Tú has visto cómo están las cosas? No quiero esto para un hijo. Mira las noticias. De todas formas, nunca nos lo hemos planteado de verdad. Nora quería muy al principio, pero yo no lo he tenido claro nunca. Me encogía de hombros cuando me lo preguntaba. Y ahora es tarde para eso. Estamos bien así. No tengo necesidad de perpetuar mis genes en nadie. No quiero que nadie cargue con nada mío. En nuestra vida no hay hueco para hijos. Ni en nuestro piso, la verdad. Bastante tengo con aguantarme a mí mismo. Y no quiero cuidar de nadie solo porque es lo que se espera que haga. Ya sé que te pareceré un egoísta.

Pero a Adirane no se lo parece. Le parece que sus razones, sin embargo, no tienen nada que ver con tener un hijo. Le parece imposible renunciar a tener un hijo sin poder atisbar el huracán que supone en la vida de uno. El amor y el cansancio. La ternura y el miedo más atroz. La razón para no tener un hijo, piensa, aunque Jon no la ponga sobre la mesa con esa vehemencia inteligible y lógica, aunque se le escurra del discurso de la libertad y el deseo, es el pánico que produce saber que alguien depende de ti. Ese paso al frente que deja atrás la despreocupación. El terror que surge después de un nacimiento, nuestra verdadera extinción.

Pero no insiste en la conversación porque adivina el callejón sin salida que significa para ella hablar de esto. Y se marchan y dicen *agur* aunque nadie se gira ni responde, no consta su visita en el local. Suena el portazo contra la chapa fría. Él suelta una botella de agua junto a los pies de ella y se mete un chicle en la boca. Coloca el retrovisor y prende el cinturón a la hebilla. Pone el brazo sobre su cabecero, da marcha atrás y vuelve a la carretera. El mar se impone como una frontera de la que se acercan y se alejan y que acaban perdiendo de vista a su espalda. Comienzan el descenso hacia la ciudad. Y ella ahora sí necesita hablar.

No sé explicar bien lo que me pasa.

¿El qué?

Cómo que el qué. Digo que lo importante ya pasó. Ya te he dicho por qué estoy aquí. Quiero grabar a Ruth. Saber cosas, pero…

Sí, querías grabar. Puedes empezar por donde quieras. ¿Ya sabes lo que querías saber?

No todo.

Ya.

Suena el teléfono sobre el salpicadero y ella intenta no escuchar demasiado la conversación. Todo es suave: la voz de ella, la de él, y cómo se enlazan las frases y los consentimientos. No llegaré a comer, eso seguro que no. En la cuerda de tender. No te preocupes. Pásalo bien. Han llamado los de la alarma. El martes, imposible, tengo reunión a las tres. Nosotros llegaremos para la cena, ¿verdad? Verdad, responde ella. Te quiero, dice. *Agur*, dice.

Cuando cuelga, le dice *sorry*. Dice eso. Palabra ridícula para el arrepentimiento, y la mira y levanta las cejas y sonríe y ella continúa.

Las cosas no estaban bien. Me fui.

Pero ¿vas a volver?

Soy una madre.

¿Es por él?

No, es por mí.

¿Es por él o por la niña?

¿Cómo va a ser por la niña? Estúpido, piensa. Es por mí, se lo repite: Es por mí. Es por mí.

¿No te encuentras bien?

¿Por dentro o por fuera? No sé de qué estamos hablando. Por dentro. Por fuera te veo como siempre.

Ya era hora de que me dijeras que estoy como siempre, porque yo creo que no.

¿Y yo?

Tú estás mayor.

Qué mala.

Los dos se ríen, ella mira al frente. Circunvalan la ciudad, han fracasado en la profundidad, pero siente la tranquilidad que reporta lo que ya está dado por perdido.

Adi.

Dime.

Que es aquí.

Dejan el coche en un lateral de la carretera casi tocando el cabo, pero sin conseguir saber qué hay a la vuelta. ¿Qué esperaba encontrar? Así que de aquí partieron. El agua es un espejo tranquilo recortado por las dársenas del puerto nuevo, líneas rectas que entorpecen la entrada hasta la ciudad, donde se apilan murallas de contenedores de colores. Siempre ha sentido mucho desinterés por toda esa vida portuaria que condicionaba los espacios y las rutinas de su casa. Pero aquí no hay casas. Aquí cuesta imaginar el horizonte sin esas grúas.

Pone la cámara sobre el trípode y graba hacia el mar y graba hacia el interior. Graba las piernas largas y cruzadas de él. La punta de la bota contra el suelo. Él no la atiende. Se agarra a la barandilla del mirador y estira los brazos, se recoge los tobillos en las corvas con las manos estirando primero una pierna y luego la otra. Venga, hombre, piensa ella, si han sido dos horas de coche. Un barco atraviesa el puerto y se pierde en el mar más allá de la punta.

No me encontraba bien, le dice, pero no sé explicarte cómo. Pero si yo le decía que estaba mal, quería que me respondiera: Pues vamos a un hospital. Que cogiera el coche y me llevara a un puto hospital. Aunque supiera de sobra que lo que yo tenía no se trataba en unas urgencias. Eso pensaba yo y nunca se lo decía.

¿Y estás mejor?

Que sí. Y no. Deja de preguntármelo. Estaba ansiosa. Temblaba. Algo no estaba en su sitio y no conseguía saber qué era, o cuántas cosas eran.

Entonces ¿cuándo vas a volver?

Ella respira porque no entiende que en la simpleza de sus preguntas se esconda lo importante. No lo sé. ¿Mañana, la semana que viene, dentro de unos meses o cuándo?

Cuéntame cómo es tu vida allí.

Ya lo sabes. Hago pequeños encargos. Recojo a la niña en la escuela. Vamos a casa. Pasamos la tarde jugando. Le hago la cena. Se duerme. Los fines de semana subimos a la sierra con amigos. Quedamos para hacer pucheros. Lo mismo que tú.

Bueno, casi. ¿Y dónde queda él?

No, no. No te equivoques. Él forma parte de todo eso.

¿Entonces?

¿Cómo que entonces? No lo sé.

Se sientan en un restaurante junto al puerto viejo, ella pide un filete a la plancha y él le dice que no, que sardinas, pero ella odia el sabor dulzón de la carne blanca del pescado azul. No le gusta masticar el aroma del carbón y dice no, no quiero eso. Él se entretiene pinchando el limón en el tenedor y rociando los lomos que, previamente, ha pelado con delicadeza. Ella no entiende de dónde vienen tantos cuidados en el manejo de los cubiertos y mastica un par de veces cada trozo de carne y lo traga con un poco de vino tinto. Cuando terminan, pasean por el muelle, ella graba el vuelo estridente de unas gaviotas. Le graba de espaldas. Bajo sus pies, él señala, como un niño que reconoce la huella de un animal en el sendero, una placa que conmemora la salida del vapor que sacó a su abuela de la miseria y de la muerte. Adi, aquí está. Bajo una grúa antigua: una rosa de los vientos, los aviones negros, el abrazo último dibujado sobre azulejos, niños con el puño en alto y un cartón blanco sobre el pecho.

Se sientan con los pies colgando sobre el agua. Ella cede a una nueva camaradería. Estoy cansada, es el vino, me ha ablandado las rodillas. No puedo pensar bien. Cuando quieras, volvemos, dice él. Te puedes dormir en el coche.

Comienzan a regresar. Ella no guarda la cámara. Graba el paisaje fundido por la velocidad. Las gotas de lluvia desplazándose por la ventana. Se graba a sí misma en el retrovisor. Él saca el teléfono del pantalón retorciéndose sobre el asiento. Le dice que busque en la música. ¿Qué pongo?, dice ella. Busca, busca lo que quieras: él tiene una carpeta con su nombre.

Tienes que escuchar a un grupo, dice ella. ¿Escuchas todavía?

Sí, claro.

Pues tienes que escuchar a Royal Thunder. El disco entero. Canta una mujer y la primera vez que la escuché pensé que era un tipo forzando la voz. Sonaba como un clon de Blackie Lawless, pero no. Su exmarido toca la guitarra y ella el bajo y canta.

Hay cosas que no cambian.

Es melancólico, pero tiene un algo que hace tirar para delante. No sé, me gusta mucho.

¿Le pones esto a la niña?

A veces. Le pongo de todo.

¿Y qué dice?

Los llama los enfadados.

No entiende por qué él se empeña en extender una cuerda desde cualquier asunto hasta su hija. Fuerza el cambio de tema.

¿Te acuerdas cuando fuimos a Wacken? Dos días de autobús, Ámsterdam, y cuatro de festival. ¿Cuántos vimos? ¿Cuarenta grupos? Me encantaría volver a esa edad.

Pues yo no sé si sería capaz de dormir en el barro.

Solo hubo barro un día, exagerado. Luego echaron paja y salió el sol. Y todo se secó.

Ella cierra los ojos. Le duele un poco la cabeza por el vino. Se agradece un armisticio dentro de ese coche.

¿Y tu madre?

Ella se incorpora: ¿Qué?

Pero ¿habéis hablado?

Algo, sí.

La veo algunos días. Me saluda con la cabeza. A veces, toma café con la mía, pero nunca le pregunto de qué hablan. Sería como llegar hasta ti por el camino que no es.

Cuantísima corrección, Jon. Y añade: La he apartado durante años de su nieta. Y ahora, por otras razones, parece que voy a seguir haciéndolo.

No es tarde, Adi.

A veces, pienso que sí lo es. Todo se me rompe entre las manos. No quiero estar. No quiero pelearme cada día conmigo para estar arriba, para ser alegre y no culpable, para cumplir con la exigencia de que me haya pasado ya lo más importante de mi vida. Mi madre no sabe con profundidad por qué estoy aquí. Cómo le explico que alejo a todas las personas que me necesitan o que me quieren. O a las que quiero yo.

Pero ¿habéis hablado o no?

Sí y no. Le he contado cosas. Pero creo que ninguna de las dos conseguirá abordar nada más. Y, aparte, ¿para qué?

Tu *aita*.

Por ejemplo. No sé qué más quiero saber. Para eso sí es tarde. Yo tampoco creo que ella haya sabido nunca mucho más. Me encantaría decirte que sí. Que un día vino y ese hombre nos buscó. Que mi padre es un hombre que no tiene nada que esconder entre las manos. Pero es que no lo sé. Y no quiero averiguarlo. Porque no sé si a estas alturas podría entender sus razones. Me gustaría que ella me amortiguara un poco la verdad. Que me hubiera levantado un muro alrededor de la verdad, pero del que yo supiera qué se esconde al otro lado. Porque la verdad está ahí y no puedo vivir esquivándola. Y cómo me ves ahora para enfrentarme a ubicar que, además de saber qué hago con todos estos años sin él, no sepa qué hacer con la otra parte, con lo que él sí estuvo haciendo. ¿Puede heredarse eso? Al final, si soy justa, la única que ha estado ahí ha sido ella. Ningún padre. La que me subía la bufanda por encima de la nariz. La que esperaba bajo el paraguas en la puerta de la *ikastola*. La que cocinaba de madrugada para no hacerme esperar la cena cuando llegábamos sin tiempo para el baño y los cuentos. La que lo detuvo todo y me puso por delante. Y aun así: falló en lo más importante, en ayudarme a entender quién soy yo.

Baja la ventanilla: ¿Ya no fumas? Me encantaría fumar ahora.

Ya no. Hace un par de años. Bueno, ¿y lo que pasó el otro día?

Lo de siempre es peor que lo del otro día. Y qué fue lo del otro día. Y lo de siempre qué es. Lo de siempre es la nada.

Cuando baja del coche, el sol calienta la bahía. Brilla el azul del agua sobre el que flotan las pequeñas embarcaciones que chocan con los neumáticos en los muelles.

Gracias por el viaje, y le sonríe mientras él aprovecha la parada para enviar unos mensajes. Ella no esperará la despedida y se alejará. Se sentará en un noray antes de volver a casa. Cruzará los pies con las piernas estiradas y meterá las manos en los bolsillos. Respirará hasta llenar completamente los pulmones varias veces.

No tendrá más ganas de verlo.

18

EL FARO

(Ruth)

Esto era:
Una pelota grande y una chica.
Un oso de lana.
Un coche de latón.
Un puzle de piezas de madera.
Una piuca. Eso es lo que traía en la red. Pregúntale a la tía Amelia. Ya sé que mi hermana murió. Claro que lo sé. Lo sé. No le preguntes. No le preguntes. Yo ya no sé si algo de lo que te cuento sucedió así. Ya sé que no es para reírse, no, pero me tengo que reír. Porque ya qué. Tú tenlo en cuenta. Si no hay nada escrito, porque no lo hay, solo nos queda una memoria. Y es la mía.

Llegamos a la estación y mi madre había convencido a un vecino para que viniera a ayudarnos con las maletas. La vimos enseguida a lo lejos, de negro y más pequeña, o eso me pareció, y dejamos todo en el suelo y salimos corriendo hasta ella. Me extrañó que se abrazara solo a Amelia. ¿No se dio cuenta? Si faltaba yo. Cuando se separó de ella, me miró de arriba abajo. Luego me tocó la cara. No puede ser, Ruth, ¿eres tú? Ya no eres. Eso me dijo. No me había reconocido. Entonces volví a donde estaban nuestras maletas y cogí la red y me la eché al hombro.

¿Dónde está Matías?

Mi madre no dijo nada y echó a andar. Aquella mujer que caminaba delante de nosotras solo era el espíritu de mi madre. Todo su cuerpo se había ablandado y encogido. Era unos cuantos huesos articulados por un poco de vida. Un soplo de resignación. Mi hermana y yo íbamos de la mano. Como vivíamos cerca de la estación, no nos dio tiempo a ver mucho. Algunas calles habían cambiado de nombre. Había casas enteras cerradas a las que les habían tapiado las ventanas. Los vecinos no salieron al vernos: no había casi nadie.

Cuando llegamos a casa, nos dijo que dejáramos el equipaje en el dormitorio. Pero eso ya no era nuestra habitación. Mi madre había conseguido poner dos camas, sí. Pero nada más. Habían arrancado el papel de las paredes y levantado algunas baldosas del suelo. No estaban los arcones ni la despensa. Ella se apoyó en la puerta. Y entonces nos miró. Nos sonrió, pero sin enseñar los dientes. Y se desanudó el pañuelo que llevaba en la cabeza. Lo hizo muy despacio, hasta que la tela se fue deslizando. Mi hermana dio un grito. Yo le pregunté qué había pasado. Mi madre no nos lo contó nunca del todo. Tenía el pelo como si le acabara de nacer, con algunos mechones más largos y claras por las que se transparentaba su cráneo. Pues así estoy ahora, dijo ella.

¿Y Matías?

Matías ya no está más, eso nos dijo. Y nos contó lo que había pasado con la mirada clavada en un punto fijo de la pared.

Fue nuestra tía, que vino después, quien nos abrazó más largo. La que nos dijo que nadie vio más. Que pasó antes de que el resto de la familia volviera al pueblo y que nuestra madre lo tuvo que enterrar sola. Lloramos toda esa tarde hasta que nos quedamos dormidas las dos juntas. También nos dijo que no le preguntáramos más a nuestra madre hasta que ella quisiera. Nunca más nos habló de su muerte. Pero cuando la ausencia de nuestro hermano se hacía dura o evidente, mi madre hablaba de Matías, de los años en los que fuimos una familia con él y con nuestro padre. La historia de su muerte sí la contaban las demás periódicamente, como una de las tantas historias que se contaron cuando terminó la guerra.

Nuestra madre no era la misma mujer.

Nuestra casa no tenía las mismas cosas.

Nuestro pueblo era otro

y otro era el país.

Mi hermana empezó a trabajar enseguida en los secaderos. Pero solo cuando había descargas. Imagínate. Yo había acompañado muchas veces a mi padre a la mar, y eso ahora no estaba bien visto para una mujer. No porque ya no tuviera un padre, es que decían que los barcos no eran lugar para las mujeres. Las mujeres se quedaban en tierra. A guardar y a cuidar. Casi no había pesca porque eran los tiempos de la segunda guerra en todo el mundo. Mi hermana, que era muy aplicada, hubiera querido estudiar algo, seguir lo que había empezado en Bélgica. Pero si queríamos comer, si esas tres mujeres que éramos querían comer, había que trabajar. Tampoco es que las mujeres estudiaran. Eso no era común. Todas íbamos a la escuela, sí, pero para el bachillerato allí casi no quedaba ninguna.

No se veía bien que una viuda saliera de casa. En la calle no había nada bueno para la viuda de un republicano muerto. Así que mi madre remendaba redes de pesca junto a la ventana, sentada durante horas en una silla baja. Cuando se metía el sol, prendía una lámpara de aceite. A veces, con un pañuelo negro apretado en la garganta, se marchaba un par de días y volvía con algunas cosas: unos trapos de algodón, frascos de mermelada, frutas. Se lo daba a mi hermana y la mandaba a venderlos por el vecindario a cambio de azúcar y harina.

Si llegaban los barcos, Amelia se iba al muelle y se ofrecía para descargar y clasificar en cajas los pescados. Luego, los lavaban. Ella siempre se ha dado mucha importancia, también entonces. Nos daba las comidas explicándonos el proceso: una de bisulfito por treinta y tantos de agua. Una de bisulfito por treinta y tantos de agua. Una de bisulfi... ¡Calla ya!, le decíamos. Mil veces lo dijo. Luego, cepillaban las escamas y ya lo recogían para meterlo por tamaños en otras cajas y enviarlo: menudillo, menudo, barajilla. Apestaba la pobre a víscera y a sangre porque, aunque los pescados venían secos, alguno se pudría por el camino. Cuando conseguía que se le fuera el olor de las manos, ya había llegado otro barco y otra vez a empezar.

Yo creo que Amelia se casó para dejar de trabajar en los secaderos. Porque si te casabas, te ibas para casa. Bueno, y también para poder verse con Vicente sin mi madre de por medio. Vicente era un pupilo de nuestra casa. Mi madre le había alquilado la habitación del fondo. Y se casó para todo lo que se casaba la gente. No sé por qué nunca tuvieron hijos. Porque entonces estaba muy claro: el hogar para los hijos y los hijos para la patria. Eso, a fuego. Cuando ese hombre llegaba del mar, a mi hermana no la veíamos en una semana. Ella no quiso tenerlos, pero de ahí a que pudiera evitarlo... Ya de mayor, me contó que se daba baños de agua de vinagre y usaba la ruda y el perejil. No sé si eso funcionaba o no. Pero hijos no llegaron.

Yo fui a la escuela por las tardes. Por la mañana, me tocaba hacer las colas. Las del racionamiento. Teníamos una cartilla para la carne y otra para lo demás. Como mi padre no había estado con los nacionales, no nos daban pan blanco. No te creas que era como un supermercado. A veces, tenía que hacer seis o siete colas para recogerlo todo y echaba toda la mañana.

Nos tocaban a cada una:

Ciento veinticinco gramos de carne.

Un cuarto de litro de aceite.

Doscientos cincuenta gramos de pan negro.

Cien gramos de arroz.

Cien gramos de lentejas y unos tantos gramos siempre de gusanos.

Un trozo de jabón de sosa.

Y si había niños: harina y leche. Como aquí no había: agua con malta para el desayuno.

Por suerte, teníamos pescado. Pero desayuna, come y cena pescado. Y ya sabrás lo que te gusta el pescado. Y por la tarde, al colegio. Esa foto delante del mapa donde se ve Madrid es en el primer año después de volver. Pero en el colegio no nos enseñaban casi nada. Yo me acordaba de la escuela de Bélgica, de los cuentos de Elise, de poner la cabeza sobre la caja de resonancia del piano. Aquí todo eran labores en arpillera, cocina, economía doméstica para señoritas, buenos modales, matemáticas elementales y mucho rezo.

Pero a los hombres sí se les instruía. Ellos eran quienes iban a sacarnos adelante. Nosotras éramos las que íbamos a meterles los bajos del pantalón para que ellos nos sacaran adelante.

Una mañana, volvía con la bolsa de red llena de comida. Estaba llena porque la bolsa era muy pequeña. Por eso la llenaba. Por algún claro del cielo penetraba el sol. Era el mes de marzo. Lo recuerdo así porque pegaba una luz sobre nuestra calle que solo conseguía colarse a principios de primavera. Así es la imagen que tengo guardada: el sol pegando sobre lo que vi y todo nublado alrededor. Los días habían comenzado a alargarse y mi madre había decidido levantar las persianas hasta arriba. En cuanto ese sol escurridizo empezaba a asomar, ella subía las persianas para que se calentaran los cristales y la luz diera sobre el suelo. Pensaba que así podía retener algo de calor. Y nosotras poníamos nuestras manos ahí, extendidas, para calentarlas, y ella nos regañaba: Cuál de las dos va a limpiar luego esas manos del cristal. Cuando bajé la mirada de las ventanas, vi a mi madre en la calle. Estaba hablando con una pareja a la puerta de nuestra casa. Eran un hombre y una mujer. Junto a ellos, un montón de equipaje.

¿Sabes quiénes eran? Ellos eran: Ivo y Elise. Habían venido a visitarnos. En tren. Cruzando Europa. Querían saber si estábamos bien. Me acerqué desde atrás. Toqué el brazo de Elise. Y ella se giró. *Ma petite.*

Me preguntó si no habíamos recibido las cartas. Y yo le dije que ninguna. El Gobierno no permitía la comunicación entre los niños que habíamos estado exiliados y nuestras familias de acogida. Decían que podían meternos ideas en la cabeza. Y requisaban casi toda la correspondencia. ¿Te imaginas? Un pequeño ejército de niños subversivos armando la revolución a la dictadura. Hubiera estado bueno. Como si no tuvieran que preocuparse de nada más. Así que allí estaban Ivo y Elise, con dos maletas, una para cada una de nosotras, llenas de ropa. A Matías no le trajeron nada. Imagínate por qué. Elise lo sabía.

Fuimos a buscar a mi hermana al puerto. Amelia estaba arrodillada clasificando unos pescados con un mandil de cuero que le llegaba a los pies. La madrina le dio una voz y ella se puso de pie. Echó a correr, pero, a unos metros, paró en seco y se dio cuenta de que llevaba los dedos llenos de escamas sucias y sangre de los pescados. Se las guardó en los bolsillos. Ame, ven, mira quiénes son, quieren llevarnos a comer, le grité. Pero yo no puedo ir. Mírame. Ivo intentó pagar al jefe de mi hermana la jornada, pero alguien tenía que sacar el trabajo adelante y Amelia se quedó. Luego os veré, dijo. Pero tampoco luego se despidió. Tuvo vergüenza. Déjame, Ruth, hago lo que quiero.

¿Cómo se llama ese pueblo que está subiendo al monte donde hemos ido otras veces a comer? Pues ahí fuimos. Pagaron a uno que tenía coche. Mi madre no dijo una palabra en todo el viaje. Se mareó y tuvimos que parar a mitad de camino en unos establos. Cruzamos un río pequeño y aparcamos en una explanada junto a la taberna. La madrina y yo no parábamos de hablar. Nos reíamos. Recordábamos los días de Châtelineau. Les echaba de menos. Comimos carne asada. Bebí vino. Tragaba con el ansia intacta de aquella primera vez en la casa de Bélgica. Mi madre apenas probaba nada. Pero madre, coma, si debe de estar muerta de hambre, le decía yo con la boca llena.

Muerta no estoy, respondía mi madre, las manos sobre la mesa y los dedos entrelazados.

Bajamos del monte cantando canciones que Elise nos había enseñado. Por la tarde, les llevamos hasta el faro en una caminata. Les deslumbró la luz del mar. La estrechez de la bocana. Nos sentamos en una piedra los tres, mi madre se quedó de pie unos pasos más atrás. Entonces lo dije: Me encantaría volver. Un tiempo. Lo dije. Que aquí solo había miseria. Que quería estudiar. Y ella me dijo que lo hablaría con mi madre. Nos despedimos debajo de mi casa.

Mi madre me dijo que subiera, que tenía que darles las gracias por todo lo que habían hecho por nosotras, por cómo nos habían cuidado, y se quedó abajo con ellos. Podía verlos desde la ventana. Pero mi madre lo único que decía es no y no y no con la cabeza. ¿Cómo se entendieron? No lo sé. Pero se entendieron.

Cuando subió a casa, me dio una bofetada.

Después, todavía despegando la mano de mi cara, me agarró del brazo y me abrazó muy largo.

Una pelota grande y una chica.
Un oso de lana.
Un coche de latón.
Un puzle de piezas de madera.
Y una piuca.
Eso le traje a Matías.

19

CAUCE POR DONDE CORREN LAS AGUAS

(Adriana)

No se movió ni me llamó a mí ni llamó a su madre hace un par de noches cuando cerró los ojos. Pero ahora me duele que discutiésemos justo antes de dormir. Siento haberle agarrado el brazo con más contundencia de lo normal al ponerle el pijama, con frustración, haber pensado ¿y esto hasta cuándo?, al acompañarla al baño para hacer pis. Todo con menos cariño de lo que exige tratar con alguien que está al final de la vida. Haberme despertado por la costumbre a las tres de la mañana sin un grito y haber pensado: Seguro que está dormida. Y no haber hecho el esfuerzo de recorrer los dos metros y medio de pasillo, no haberme asomado a su habitación y no haber descubierto que ya no respiraba.

Que mi madre ya no.

Para qué, me hubiera dicho ella, lo hecho, hecho estaba, con ese practicismo exacto con el que tomaba medidas a la profundidad de lo real. A ella pocas cosas le pesaban.

Mi madre murió una noche de febrero. En su casa. Metida en la cama. Puedo pensar esto porque esto es lo real, lo certificó un médico forense. Le tomó el pulso y escribió: muerte natural.

Por qué a ninguna noche he llegado lo suficientemente liviana para haberme sentado siquiera a los pies de la cama y decirle: Cómo te encuentras, quieres un vaso de agua, de qué podemos hablar. Se acabó la senda que ella abría delante de mí. En castellano, madre es también el cauce por donde discurren las aguas del río. En euskera, esa palabra también es *ohe*, lecho.

Ni Adirane ni yo hemos llorado de vuelta del entierro. No se ha separado de mí desde ayer, cuando entré en la habitación con tiento y subí la persiana lentamente, le puse una mano en el hombro y ella supo entender sin que tuviera que decirle una palabra, pero lo dije, por necesidad, por pronunciar por vez primera: La abuela ya no está.

Primero preguntó si había muerto sola. Luego me dijo que seguro que sucedió mientras estaba dormida. Luego pronunció la palabra miedo. Y la palabra consciencia. A mí todavía me cuesta decir que mi madre está ya muerta. Pero enseguida me echó encima los dos brazos y me dijo lo siento mucho, *ama*, y yo no sé desde dónde nacieron esas palabras ni cuánta disculpa contenían. Y lloramos.

Se ocupó de los trámites, la miré flaca como un junco agarrada al teléfono antiguo junto al aparador, colocando los retratos en orden, los grandes detrás, los pequeños delante, mientras yo fumaba un cigarro detrás de otro y volvía a entrar y salir de la habitación de mi madre.

Recogí la ropa que habíamos dejado sobre la cómoda la noche anterior. Vacié el vaso de agua en el lavabo, tiré toda la medicación a una bolsa, los pañales nocturnos, guardé la ropa interior limpia que yo misma había dejado sobre la silla después de la última lavadora. Todos los movimientos ridículos de la decencia, pero que ella misma los habría hecho si hubiera podido. No tocamos el cuerpo, solo le atusé el flequillo blanco hacia atrás. Nadie rezó. Adi sí dijo algo demasiado deportivo, demasiado torpe y de afán consolador, como «Ha sido la mejor». Luego también dijo: «Doy gracias por haber pasado estos días aquí con ella». No dijo nada más. Y se lo agradecí, porque no la reconocía en ese duelo. Encima esto, hija, te ha tocado aquí. No es lo mismo una madre que una abuela. La perspectiva es otra. Ahora yo siento que el oleaje pegará directamente sobre mí.

Ninguna de las dos quisimos hablar en el funeral ni extendernos de más con las conversaciones de compromiso que rodean los entierros. Le miro los ojos a mi hija y ya no se reponen igual del llanto y dos ojeras profundas y negras se marcan debajo de sus cuencas.

Sumergidas en una mecánica exacta, al llegar a casa, hemos cortado unos tomates en gajos y hemos echado a la sartén un par de filetes. Hemos puesto la mesa. Comer hay que comer, habría dicho ella. Nadie se olvida de lo que come, si es que come, el día en que se mueren sus padres. Nadie deja de preguntarse nunca, ni años después, si se ha sido buena o mala hija. Las dos nos tomamos un analgésico para el dolor de cabeza. Las dos cerramos un rato los ojos en el sofá.

Cuando Adi se despierta, yo ya he recogido algunas cosas de mi madre, qué prisa había, me dice. Ninguna. Pero por alguna parte había que comenzar a limpiar su ausencia. Quiero dejar cuanto antes ese vacío en los huesos, poder abrazar un recuerdo exacto de su vida: la niña de Châtelineau, la mujer de mi padre, la abuela de mi hija, la profesora de francés, la amiga de las vecinas, la hermana de mi tía, la que una tarde de noviembre, cuando yo tenía dentro a Adi, me contó algo sobre su propia madre. La que puso la memoria en su sitio.

Ahora tienes que callarte hasta que yo no esté, así me lo pidió ella. Cuando tú te mueras, que se lo cuenten a los siguientes. Una mentira repetida mil veces de generación en generación. Y la verdad sobre una mujer de las nuestras, avergonzada, culpable, que eligió una muerte por descuido en vez de la muerte por el abrazo más fuerte. Que mintió deliberadamente y transformó lo pasado. Pero que, después, se arrepintió y se desahogó con su propia hija.

Lo más fácil sería dar cuatro trazos a la biografía de mi madre y quedarme con eso. Obviar si tuvo miedo, la relación que tenía con mi padre, ¿fueron felices o fueron un engranaje para mí? Olvidar si creía en Dios en sus últimos años: Rezadme un poco cuando me vaya. ¿No me lo pedirás a mí, *ama*?, le decía yo.

No sé qué hacer con miles de objetos: las bandejas plateadas de recuerdo de los bautizos, las cartillas del médico, las zapatillas guardadas en su caja original, rellenas de papel para que no se deformen.

Por la tarde, subimos al fuerte en coche. Hay marejada y el mar se retuerce para golpear en la costa. Las olas se encrespan y rompen contra la ciudad. En nuestra bahía, entran mansas, levantando el agua sin quebrarse y haciendo subir y bajar a los barcos. Empieza a llover, pero necesito estar un poco más ahí arriba. Puedes ir al coche, si quieres, pero dice que no. Las dos damos vueltas alejadas la una de la otra alrededor del mirador.

Cuando volvemos al coche, tengo la sensación de que se me ha escapado la tarde sin sufrimiento y que estoy postergando el alud que va a llegar. Antes de arrancar le pregunto: Qué vas a hacer.

Me dice que no lo sabe, que también fue su abuela la mujer que acaba de morir y yo le agradezco que la llame así porque nos sitúa a todas en una escala que debe funcionar en un sentido exacto: de arriba abajo. Eres una madre, le digo, no importa que te alejes de Madrid o te acerques, no importa que no estés siempre de pie delante de tu hija, que estés alegre, todo tiene que aprenderlo, pero tú sabes muy bien lo que significa que algo te falte con constancia. Tienes que arreglarlo, quiero decir, tienes que ir y tomar una decisión, pero no vas a decepcionarme con esto: eres una madre y de eso no te puedes ir. Tú sabrás cómo.

Mueve la cabeza hacia los lados, dice que no. Dice que si fuera un hombre le permitiría esta duda. Que le daría espacio y días para pensarlo.

Antes de irme a dormir la noche del día que he enterrado a mi madre, arrastro la máquina del oxígeno a la que vivió conectada en los últimos meses hasta la puerta de la entrada, pero la máquina se cae al suelo y pega contra la madera haciendo eco fuera, en el rellano. Ella asoma la cabeza para comprobar que estoy bien.

Mañana llamaré para que se la lleven.

Ama, voy a volver, me dices, pero yo no quiero estar allí siempre.

Me parece bien.

20

VOLVER AL LUGAR DEL QUE SE PARTIÓ

(Adirane)

Nunca le ha gustado el drama escondido que se respira en las estaciones de autobuses cuando alguien se queda en un punto quieto mientras otro se aleja. Los padres nerviosos que ven partir el autocar del colegio, amantes que se sueltan del abrazo. ¿Cuándo es amable dejar de mirar por la ventana, frenar la mano que se agita, parar de abrir mucho la boca junto al cristal para intentar decir una última palabra y que arranque la partida?

Madrilera zihoazen bidaiariak.

Son las nueve y cuarto de la mañana cuando su madre le da un abrazo rápido antes de que ella ponga el pie en las escaleras mecánicas y comience el descenso. Le desenrolla el tirante del macuto, retorcido sobre los hombros. Le pasa la mano por el pelo, no es una caricia, está tocándola una última vez. Entonces le tiende algo, como si ella hubiera tenido un olvido. Es la muñeca belga de cara de china metida en una bolsa.

Dásela a Ruth. De su bisabuela. Por mí no te preocupes, voy a estar bien. Vuelve pronto.

No, ven tú.

Resuelve antes.

Maite zaitut.

Esa es su madre. Una mujer de palabra muy fría y de gesto robótico. Pero también es quien la ha traído en coche a la ciudad, ha parado en el barrio a tomar un café temprano con una tostada, ha sido amable, incluso cariñosa, le ha preparado un sándwich para comer que le ha envuelto en papel de plata, un pequeño bote de cristal con frutos secos y ha aparcado el coche para bajar a despedirla en ese punto en el que ahora se encuentran.

Su madre también es la que se ha visto forzada a contarle una vieja historia. Casi a última hora, con prisa y sin mirar de frente, sin suspender los ojos en ningún punto fijo. Con algo parecido a la vergüenza. Con algo muy parecido al desvelo de un momento sagrado que nadie sabe cómo se cuenta sobre el ruido de lo cotidiano, el dolor sumergido durante tantos años cómo llega a los oídos nuevos, sobre el tintineo metálico de una cafetería. A veces, nos mentimos, ha empezado. Ya, ha respondido ella. Y sabe que ha abierto mucho los ojos y que tampoco ella quisiera estar asistiendo a la revelación de nada. También ha dicho: No las culpes. No pienses en eso ahora. No juzgues. Creo que convivir con la verdad les hubiera causado más daño a todos. También a ti, como un eco. Al principio, no le habrías dado importancia, pero sé que después habrías pensado en eso muchas veces igual que has pensado en la otra historia.

Es un alivio que la despedida dure lo que tardan esas escaleras en llegar abajo y su cuerpo se vea obligado a caminar enseguida por la inercia que llevan el resto de los viajeros. Piensa en su madre regresando a la casa, el aire frío que se cuela por la campana de la cocina como un soplido del mar. Su madre, abriendo las ventanas, quitándose el abrigo, respondiendo sola al orden que ahora ella quiera dar a las habitaciones, a las cosas inútiles que se acumulan durante una vida. Pensando qué hacer con toda la ropa de la abuela. Medallas, fotografías donde sonríen personas cuyos corazones dejaron de latir hace décadas, padres de alguien, ausencias de otras casas, pero a las que su madre no sabrá ponerles nombre: la camisa de seda de sus bodas de plata, los zapatos del bautizo de una sobrina, cinco faldas que ella misma se cosió, rectas y oscuras hasta la pantorrilla, con una raja en la parte de atrás. Deshacerse de los indicios de una vida completa: el orden exacto que solo quien lo deja podría desenmarañar y levantar un rastro. En una última vuelta, Adirane levanta el brazo como puede tirando de la mochila: Adiós. Su madre también gira el cuerpo un segundo, pero se mete las manos en los bolsillos y se pierde entre la gente.

Está sola de nuevo. Lo malo y lo bueno de estos tiempos es que absolutamente nadie atiende a la tristeza de los demás. Cabezas bajadas hacia pantallas que emiten noticias, fotografías: mensajes que dicen ya salgo hacia allá. Podría enviarles unas palabras a sus compañeros de ruta: Hola, me llamo Adirane, acabo de enterrar a mi abuela, mi madre es esa mujer que se queda sola y que cuando el autobús accede al exterior puedo ver que se ha parado junto al río, de espaldas, las canas que caen sobre la espalda alta, que enciende un cigarro, puedo ver que mira de frente y el humo se escapa y se desvanece y el agua es un espejo que devuelve la imagen invertida de los edificios antiguos de la ciudad quieta.

No duerme en todo el camino, no lee, no escucha música. Nadie sabe que está regresando. El autobús atraviesa nortesur la mitad del mapa. Primero, verde. Luego, horizonte. Los hombres del campo en línea recta sobre sus tractores ignoran el paso de los autocares por la autopista. Hacen una parada cuando todavía quedan un par de centenares de kilómetros.

Repara en ese compañerismo de la manada obediente que sale del vehículo para vaciar sus vejigas apretadas debajo de los botones del pantalón y después regresa a su asiento. No pisa la calle cuando llega a Madrid y desciende aún más abajo. Diez paradas de metro hasta la casa, ningún trasbordo.

No se ha despedido de Jon. No le ha dicho que vuelve. Pero él descubrirá enseguida que se ha marchado. No la llamará inmediatamente. Dejará correr un par de meses. Y toda la urgencia se desvanecerá otra vez. A ella le parecerá que, en realidad, a él no le importa lo que le pueda estar pasando. Él escribirá un correo desde el trabajo tal vez, a salvo, en un día de aburrimiento, le volverá a buscar las ganas: podrá leer mil veces la posición de sus palabras y desplegará sus significados. Pero esta vez, ella no va a responder.

Emerge en la plaza. Una gasolinera, una carretera que se hunde en un túnel, una inmensa boca de metro de monstruosa modernidad. La ciudad, al fondo, detenida mientras millones de casas se van encendiendo en el atardecer de febrero. Cruza varios pasos de cebra y se detiene delante de la puerta del colegio. ¿Cuántas mañanas la habrán visto llegar? Seguro que con la botella de agua llena, con la merienda para el recreo, la cremallera del abrigo subida hasta la mandíbula, asomando sus ojos grandes al frío, agarrada a los tirantes de la mochila, como ella ahora mismo. Le parece que la vida es solo un trueno, destrucción y luz, que pasa entre la infancia y la vejez. Una mujer le ofrece un cucurucho de castañas asadas. Sonríe y dice que no.

Está delante de la puerta de su casa. Las cartas se derraman de la boca del buzón. Apenas ha pasado algo más de un mes. ¿Ha sido suficiente? Todavía duda una última vez. ¿Cómo sería regresar? Decir he pensado, decir sí, volver a introducirse en su propia vida.

El botón metálico del timbre está frío y entonces repara en sus manos: ¿cuándo se han desgastado así? Soy yo, responde a la voz de él, por supuesto que están en casa. Antes de que le abran la vieja puerta de madera, a la que nadie se atrevió a arrancar el Señores de Martínez en una placa pegada, respira el olor de la ternera que se fríe en alguna cocina, hogares que no se han detenido.

Eres tú, le dice al abrir.

La pequeña Ruth corre por el pasillo y se tira a los brazos de su madre, que se desequilibra y cae hacia atrás en el rellano. Soy yo. Te quiero mucho, ¿sabes? La niña entiende el encuentro, de alguna forma tangencial y primaria entiende que eso es un regreso y que su madre nunca ha estado más lejos que estas semanas y se tumba en su regazo y guarda la carita sobre el pecho con fuerza, con tanta fuerza la cara escondida debajo de la respiración de su madre, encima del latido del corazón, que la cremallera del abrigo le dejará una marca sobre la mejilla, pero no importa: ella ya está ahí y le pasará la mano varias veces por lo rojo hasta hacerlo desaparecer.

Él sigue agarrado a la puerta. Se ha cortado el pelo. Ella se pregunta cómo. ¿Fueron los dos juntos a la peluquería? ¿Ha venido su madre? Por supuesto que no ha perdido la cortesía, y cuando ella pasa por su lado, él agarra la mochila con las dos manos y le quita la bolsa a la que viene agarrada y ella libera los brazos y se siente ligera: cuánto tiempo ha llevado ese peso encima.

Pasan el resto de ese anochecer tiradas en la alfombra mientras él cruza de vez en cuando el desorden de vestidos de muñecas y frutas de plástico. A veces, la niña se tumba sobre sus piernas y se queda en silencio. Se hacen cosquillas.

No sabe qué hace él. ¿Está sentado en la cama? ¿Prepara la cena en la cocina? ¿Ha abierto una botella de vino y apoyado en la encimera bebe en silencio? ¿Pone lavadoras? ¿Lee un libro? Sobre las nueve, llama a la niña: Ruth, a cenar.

¿Se le ha olvidado a ella que es la hora de la cena?

Permite que las rutinas que ellos hayan establecido en su ausencia continúen sin sobresaltos. Las respeta. Los dos se sientan frente a Ruth, que intenta hacer reír a su madre y claro que lo consigue. Se come un puré de calabaza y unas varitas de pescado. Cuando termina de cenar, tiene la boca manchada de naranja, pequeñas migas de rebozado pegadas a los dedos y yogur seco en la comisura de los labios. Le pone el pijama y leen un cuento. La niña se duerme dando vueltas, estirando una pierna contra la pared. Ella la arropa y respira hondo. Respirar es lo importante, piensa. Tiene que ser ahora.

Cuando llega al salón, Iván está sentado en el sofá, con los codos apoyados sobre las rodillas y, al verla entrar, se levanta. Se quedan parados a una distancia que puede ser un metro o puede ser una medida sideral. Siento lo de tu abuela, nos hubiera gustado estar contigo allí. ¿Cómo está tu madre? Ella no responde. ¿No vas a decir nada?, le pregunta. Siéntate. Claro que voy a decir algo. Y como no sabe por dónde empezar a tirar de lo que va a decirle y nadie más está escuchando, piensa que ese hombre merece claridad.

Iván vuelve a sentarse. Y vuelve a tardar: Dijiste que necesitabas pensar. ¿Y has venido a decirme que has pensado eso? Sí. Quiero que ella esté contigo. Me parecerá bien si quieres que me marche ahora. Pero tampoco tengo adónde ir, pero puedo irme. ¿Cómo que ella se queda conmigo? ¿Ya está? ¿Nos dejas aquí? No, dejo de estar aquí con vosotros, es diferente. Pero estaré de alguna manera. Ella vivirá mejor aquí, contigo estará mejor. Pasará el tiempo y puede que las cosas vuelvan a cambiar. Permítemelo. Pero ahora no estoy bien, no estaba bien cuando me fui, no se cura lo que me pasa en unas semanas en las que, además, he tenido que vivir algunas cosas. Quiero que esta sea su casa. Que tú decidas sobre su vida. Ella estará aquí. Contigo. Por qué es tan difícil explicar esto. Porque eres su madre, Adi. Sí, y tú eres su padre y yo no voy a desaparecer. Estaré. Pero no estaré aquí.

Él le dice que no es necesario que se marche porque él es un hombre de razones. Y le dice que se tome el tiempo que necesite para encontrar algo, pero también que será ella quien hable con su hija y le explique lo que va a pasar. Y abren juntos el sofá y él se sienta en la cama del dormitorio mientras ella entra en el baño y se lava los dientes en pijama y hace buches con una solución oral. La puerta está entreabierta porque la costumbre no desaparece después de un punto y aparte. Y él la mira y ella sabe que él la está mirando y que sería mejor dormir juntos, despedirse abrazados y, solo por un momento, quiere meterse en la cama y dar marcha atrás. Pero apaga la luz y antes de salir de la habitación le dice que la abuela se durmió y ya no despertó a la mañana siguiente.

¿Sabes que Matías no murió en la ría? No murió porque no le estuvieran cuidando. Iván no entiende nada y ella le dice que de día le contará lo que ha pasado en estos días, si él quiere escucharlo. Y cuando se gira y se da la vuelta, algo antiguo como esa casa cede dentro de ella y le dice gracias.

Sentada en el sofá que compraron hace solamente un año, mira la calidez de ese salón estrecho regado de juguetes. El televisor disponiendo el orden del resto de los muebles alrededor. Como un agujero negro por donde cayeron todas sus miradas cansadas noche tras noche. Las plantas que regó cada semana, los marcos que compró para cada foto. La suciedad de la alfombra y la promesa: el invierno que viene la llevaremos a la lavandería.

Envía un mensaje a su madre: Ya estoy en casa. Me gustaría que vinieras a ayudarme. Necesito tu ayuda. *Gabon.*

La muñeca de cara de china está de pie dentro de la bolsa de plástico. Es tan alta que el pelo de Elise asoma por la parte de arriba. Se levanta y agarra la bolsa por las asas con brusquedad. Deja la puerta entornada y baja rápida las escaleras hasta el portal. La muñeca rebota en los peldaños. Abre la puerta de la calle y, sin llegar a pisar la acera, deja la muñeca en el cubo de basura.

Pour Ruth, Elise.

Regresa al recuerdo que tenía de niña de lo que significaba su madre para ella: ¿todo? Piensa en el recuerdo que quiere dejar en su hija. Estarán bien. Nadie conoce a nadie hasta la médula. Nadie se conoce a sí mismo hasta que no tiembla una noche y otra y otra. No hay una vida antes y otra después de haber tenido dentro de la tripa otro corazón que no es el tuyo, por eso se lleva las manos ahí donde ella fue creciendo. Ahora sabe que nada espanta las contradicciones de una, que no hay una clarividencia especial después de parir un hijo, pero que pondrías su vida en las manos que fueran, su padre o un barco, para salvarlo.

Se arropa con la manta y se tumba y coge el teléfono y revisa las grabaciones que le ha hecho a su abuela.

«Aquella mujer era mi madre. Y ese era su hijo hombre. Y era a la vez el pequeño de todos sus hijos. Aquí nos ves.»

EL LIMO

21

LUZ

La puerta de la casa está abierta. Una mujer menuda, vestida de negro, y un niño pequeño sobre dos piernas de hueso cruzan el umbral. Se quedan parados al otro lado como si acabaran de traspasar una frontera. No consiguen avanzar. Los ojos de la mujer no son más ojos sagaces. Nunca más ojos jóvenes. No brillarán. Los párpados ya no conseguirán levantarse hasta la cuenca del ojo. El niño se agarra a la falda de la madre. La cinturilla cae más abajo de la cadera por el tirón. La madre lo estrecha contra sus piernas. Si la desolación tuviera olor, piensa. La mujer agarra la falleba de la ventana y la gira con desesperación hasta que el movimiento coincide con el mecanismo y se abre con un golpe de fuerza desmedida. Del marco se desprende el cristal que va a estrellarse contra la acera, dos pisos más abajo. Dos soldados, fusil al hombro, se paran en seco en mitad de la calle y miran hacia arriba, señora, qué hace, gritan. La mujer pone la espalda contra la pared y hace un gesto de silencio al niño. Cuando pasan unos minutos y todo sigue en calma, el niño y la mujer se abrazan, la carne caliente y blanda de la cara del hijo entre las dos manos. Cara sucia. Dientes también sucios. La sonrisa fingida de la mujer. ¿No van a venir mis hermanas? La madre no responde, aunque piensa que sí, que volverán.

No quiere pensar en las niñas, así que coge una escoba y se pone a barrer el suelo, cuyas baldosas se montan unas encima de otras como un mar de oleaje tranquilo. El edificio se sigue hundiendo poco a poco en la marisma. Las paredes están negras, como si alguien hubiera encendido pequeñas hogueras en los rincones de cada habitación. Amontona toda la suciedad en un rincón. En la montaña de polvo, telarañas y escombro encuentra los recortes de los sacos que ella misma les hizo hace ya un año. Los pinza con los dedos y los mira poniéndoselos delante de los ojos. Recuerda esa tarde. La casa nunca más será tampoco aquella casa. El niño intenta una y otra y otra vez poner de pie una silla a la que le falta una pata. La mujer se asoma a la ventana y mira a la ría y el puerto y el tren y la carretera y mira el horizonte y mira la montaña y todo está en silencio. Sobre la tapia de la estación, alguien ha pintado: Arriba, España.

La guerra ha terminado.

Recorre la casa. De su cama quedan unos muelles rotos. Recuerda su sonido, el golpe del cuerpo de su marido contra su propio cuerpo en aquellas noches. Le echa de menos. Las manos gruesas, los dedos quemados apretando en la carne tibia, las palmas endurecidas por la red tapándole la boca mientras. Las niñas. Las niñas. Cállate, mujer. El olor del mar colándose en esas noches por la ventana y tapando el propio olor del hombre desnudo sobre su propio olor. La misma humedad del mar recordándole en otras noches la ausencia, el hueco del colchón: la soledad completa.

Qué poco sentido pensar esto ahora, dice. Qué, responde el niño.

La mujer cierra la puerta y camina dos pasos más allá por el pasillo. Golpea la pared abombada y se desprende una lasca enorme de cal. No hay bombillas ni lámparas. No entra, pero gira la cabeza hacia la habitación de las niñas. *Ferrocarril, camino llano.* Una sola de las dos camas recoge el derrame de cosas caídas del armario abierto. *Por el vapor, se va mi hermano.* Agujas de hacer punto, sábanas viejas, botes vacíos de harina, cajas de latón. Recortables. *Se va mi hermano.* Las niñas no están allí cosiendo. No están allí cantando. No juegan. No discuten. No dicen. No están. A la mujer le baja una bocanada oscura por el esófago. *Se va mi amor.* La mujer vuelve al salón y se acerca al hogar y abre la puerta del cajón de carbón. Sonríe porque el carbón no se lo han llevado. Llama al niño y le dice que rece todo lo que se sepa. Pero que lo haga en silencio. Ella también suplica hacia algo, no a Dios. Entonces alza el brazo sobre una repisa alta de madera y respira cuando encuentra la caja de fósforos en el mismo sitio donde siempre estuvo. Intenta devolver a golpes su forma a una cacerola de aluminio abollada y vacía el cubo de agua que traen de la fuente y pone a cocer dos tubérculos. Luego se entretiene un buen rato arrancando con los dientes la piel de una manzana. Siente la amargura en la boca seca. La pulpa la va colocando sobre un pedazo de madera. Deja la piel roja sobre la plancha hasta que se retuerce y se tuesta y empieza a soltar un olor dulzón.

La mujer es joven y se sienta con agilidad en el suelo cruzando las piernas y se pone encima al niño, que reposa la espalda y la cabeza sobre el pecho de su madre. Con los dedos, van cogiendo los pedazos de boniato. El niño no quiere comer las mondas, pero la madre fuerza el bocado y le mete los dedos hasta bien dentro de la boca y le sujeta la mandíbula y el niño mastica hasta que suelta una bola blanca sobre el suelo. ¡No!, le grita de pronto la mujer. Y después lo besa rápida en la mejilla huesuda. Perdón, hijo, perdón. Y le pasa la mano mil veces borrando el grito.

Pasan la tarde apilando los muebles que ya no sirven, los papeles y la basura en un rincón. Sacuden las telas sobre el patio interior, varias ventanas se cierran de golpe, y las amontonan en un rincón de la cocina, encima de las baldosas que están más nuevas. La madre le dice al niño ven con la mano y el niño encuentra un recodo en el cuerpo de su madre para quedarse dormido enseguida. La mujer mira hacia la ventana. Cae la tarde y después cae la noche. No hay ruido en el vecindario. Y se queda dormida.

Es entonces cuando se oyen unos golpes en el portal. Y después cristales rotos. Alguien ha entrado en el edificio. Golpes secos, llamadas sobre la madera de las puertas, casas que se abren y después gritos. Las pisadas suben por la escalera. La mujer consigue despertarse del todo con el tiempo suficiente para alzar al niño y salir de la cocina, trepar por la cama de sus hijas y esconderse en el armario. Se echa encima una manta. La mujer y el niño son ahora un fantasma escondido en un mueble antiguo. La mujer y el niño son una pesadilla infantil. El niño se despierta a oscuras y la madre le manda callar. Pero el niño se asusta y llora. La madre aprieta al niño contra su pecho. Por favor, no, calla ahora, mueve los labios sin pronunciar. El miedo ya está en el cuerpo. El miedo estaba ya siempre dentro de todos los cuerpos. El miedo reacciona. No debe pedirle silencio. Porque no debe hablar. Todo es callar esa boca contra su pecho, que no diga una sola palabra, que no se oiga su respiración. El niño se retuerce porque intenta zafarse de sus brazos y quiere toser y quiere volver a abrir la boca y tomar aire. El niño infla los pulmones, pero no consigue aspirar. La madre cierra los ojos muy fuerte. Y aprieta la cabeza del niño contra ella. Es una fuerza que nace de muy dentro. Es la madre que protege. Es el niño débil que no respira. Es la madre que lo mueve, que abre las puertas del armario. Matías. Matías. Es entonces el grito más ronco. El animal de la furia. La salida de la cueva. Y los dos hombres entrando en la habitación. La mujer llora. Los hombres miran el desgarro. El suelo, la mujer de rodillas, el niño en brazos. Los hombres piensan que ahí no queda llaga en la que hundir el dedo.

La casa entera huele a vacío.

Inventará una historia.

Esto no se contará en voz alta.

AGRADECIMIENTOS

A Jesús María Cormán, que comprendió con generosidad los extraños caminos de la escritura. Y a sus padres: Antonia Seco, por los recuerdos de su exilio, y Santiago Cormán, memoria viva. A Errukine Olaziregi, *eskerrik asko*, amiga.

A Pablo, mi hijo, que me enseñó a comprender esta historia. Y a David, que construyó todos los circuitos de trenes posibles para que yo escribiera en aquel año difícil que fue 2020.